세상을 풍자한 시

얼빠진 세상

등단 50주년 기념, 제26 시집

얼 빠진 세상

초판 1쇄 발행 2019년 12월 12일

지 은 이 | 이동진
펴 낸 곳 | 해누리
펴 낸 이 | 김진용
편집주간 | 조종순
디 자 인 | 종달새
그   림 | 박서영
마 케 팅 | 김진용

등   록 | 1998년 9월 9일 (제16-1732호)
등록변경 | 2013년 12월 9일 (제2002-000398호)
주   소 | 서울시 영등포구 당산로 20길 13-1
전   화 | (02) 335-0414 팩스 | (02) 335-0416
전자우편 | haenuri0414@naver.com

ⓒ이동진, 2019

ISBN 978-89-6226-109-7(03810)

* 이 도서의 국립중앙도서관 출판예성도서목록(CIP)은 서지정보유통지원시스템
홈페이지(http://seoji.nl.go.kr)와 국가자료공동목록시스템(http://www.nl.go.kr/
kolisnet)에서 이용하실 수 있습니다.(CIP 제어번호 : 2019047409)

등단 50주년 기념, 제26 시집

세상을 풍자한 시

얼빠진 세상

架下(李東震) 지음

해누리

머리말

찜통더위 어느 날 생맥주 집.

평소 허물없이 지내는 후배가 한마디 던졌다.

"돈도 안 되는 시는 왜 쓰세요?"

그런 말은 50년 전부터 이미 귀에 못이 박이도록 들어왔기 때문에 굳이 예민한 반응을 보일 필요성조차 느끼지 못했다. 하지만 그냥 넘어가기에는 뭔가 좀 찜찜했는지 나도 한마디 툭 던졌다.

"돈? 돈 벌려고 태어난 건 아니잖아? 사람답게 살아야 사람이지. 요즈음 모두 돈에 미쳐서……. 얼빠진 세상이야. 얼빠진 시대라고!"

그래서 결국 이 시집의 제목이 우연하게 떠올랐다. 얼빠진 세상, 얼빠진 세월, 얼빠진 시대……. 사실이 그렇지 않은가?

우하하하! 허허허허!

후배와 나는 한바탕 웃고 말았다.

"내 영혼의 노래 (등단 40주년 기념시집)" 출간 이후 지난 10년 동안 쓴 시 가운데 극히 일부만 골라서 여기 모았다. 말하자면 등단 50주년 기념시집인 셈이다. 남이 알아주든 말든 상관할 것도 없이 무조건 자축하는 것이다. 못할 것도 없지 않은가? 어차피 돈도 안 되는 시라고 하는데……, 눈치 볼 게 뭔가?

정치 판검사, 정치 성직자, 정치 언론인, 정치 교수, 정치 선생, 정치 학생, 정치 노조 등등……. 우향우! 좌향좌! 개나 소나 모조리 정치판에 뛰어들어 죽기 살기로 아우성치는 세상이다. 뭘를 더 먹겠다고, 아니, 뭘를 남의 것 더 빼앗아 먹겠다고 미쳐 돌아가는지 도통 알다가도 모를 세상꼴이다. 눈부시게 발전했다는 게 고작해야 고 모양 고 꼴이다. 그래, 좋다. 해볼 테면 해봐라. 까무러치든 맞아죽든 각자 자유다. 명색이 민주주의 국가라고 하니, 누구나 자유다. 자유! 우하하하! 허허허허!

　워낙 돈 세상이라서 돈벌레는 돈으로 말한다고 한다. 하
지만 시인은 시로 말한다. 그러니까 앞으로도 나는 시집을
계속해서 낼 작정이다. 등단 60, 70, 80주년 기념 시집을 내
눈으로 혹시라도 볼 수 있다면 더없는 행운(?)일 것이다.
　그럼, 100주년 기념 시집은? 영광일까? 저승에서는 영
광이고 자시고 없을 테니, 살아있는 사람들에게나 어쩌면
영광일지도 모르겠다. 이 시집의 시들은 얼빠진 세상, 얼
빠진 시대에 그나마 얼 차린 시인이 남긴 삶의 흔적일 수
밖에 없으니까…….

　우하하하! 허허허허!
　웃자. 배꼽이 빠지도록 웃어보자. 웃으면 속이라도 시원
해진다. 웃으면서 살자. 어차피 앞으로도 줄기차게 얼빠진
세상, 얼빠진 세월, 얼빠진 시대일 수밖에 없을 테니까…….
　우하하하! 허허허허! 虛虛虛虛!!!!

　　　　　　　　　　2019년 12월, 서울 신림동 架下 서재에서

《현대문학》1970년 02월호 수록

박두진 시인이 추천한 시 후기

[시 추천 후기]

이동진 씨의 3회 추천을 끝낸다.

〈다시금 돌아가야 한다〉는 지금껏 보다 뛰어나게 좋은 작품은 아니지만 그의 견실(堅實)한 그동안의 수련 실력을 알아볼만 한 것이다.

시가 먼저 사상의 기조(基調)가 서 있어야 하고 그것이 정서적 안정과 조화를 표현으로서 획득해야 함은 물론이지만, 이동진 씨는 미흡한 대로 이에 대한 불안을 가시게 해주고 있다.

정력적인 다작을 탓할 생각은 없으나 꿈을 몰고 대리석을 쪼듯 좀더 조형적인 조탁(彫琢)에 힘써주었으면 한다.

시적 천질(天質)을 다듬는 것과 사상과 기교의 원숙을 위한 노력이 결코 쉬운 일이 아니며 일생을 걸어야 하도록 지난(至難)한 사실임을 재인식하기를 당부한다.

박 두 진

【詩推薦 後記】

　李 東鎭씨의 三回薦을 끝낸다.

「다시금 돌아가야 한다」는 지금껏보다 뛰어나게 좋은 作品은 아니지만 그의 堅實한 그동안의 修練實力을 알아볼만 한 것이다.

詩가 먼저 思想의 基調가 서 있어야 하고 그것이 情緒的 安定과 調和를 表現으로서 獲得해야 함은 勿論이지만, 李東鎭씨는 未洽한대로 이에대한 不安을 가시게 해주고 있다.

精力的인 多作을 탓할 생각은 없으니 꿈을 몰고 大理石을 쪼듯 좀더 造型的인 彫琢에 힘써주었으면 한다.

詩的 天質을 다듬는 것과 思想과 技巧의 圓熟을 위한 노력이 결코 쉬운 일이 아니며 一生을 걸어야 하도록 至難한 事業임을 再認識하기를 당부한다.

(朴 斗 鎭)

시 인 의 첫 걸 음

《현대문학》
1970년 02월호

【추천 완료 詩】
다시금 돌아가야 한다

다시금 돌아가야 한다

이 동 진

다시금
집으로 돌아가야 한다

한낮의 이야기들을
뜨겁게 안주머니에 접어넣은 채
아직 마무리하지 못한
아스팔트의 욕망들을 들여다보며
가슴을 한 겹씩 뜯어내면서
우린
돌아가야 한다
그림자만이 길게
길에 부드러움을 깔며 가는 시간

스스러운 표정 위에 서러움이
설익은 석류 속처럼 물보라 지면
마구 선인장을 씹듯
새빨갛게 하루를 다지는 사람들

거품의 볼마다 영롱하게 흐르던 숲은
어두움에 부풀어 터져 버리고
스피카에선
문득 난파선의 비명이 쏟아지고
하아……
하아……
숨결은 거칠어진다

단색의 바리게이트 앞에 얼어붙은
심장과 의무의 시선을 지나
끝없이 소박한 원시의 거리로 가면
아마
우리의 등불은 밝혀지겠지
싱싱한 녹색의 풀은
쓰라린 발바닥에 이슬을 주고

지금은 망설임 없이
경건하게 돌아가야 한다
집으로
집으로 돌아가야 한다

9

【추천 완료 소감(詩)】

가하(架下)의 예레미아

이 동 진

멀리서 강변의 모래밭을 바라보면 주름 하나 없이 다리미로 민 것처럼 보이나, 그 모래밭 펼쳐진 폭에는 숱한 주름과 상처와 발자국과 그리고 추억의 잔물결들이 향기처럼 맴돌고 있는 것이다. 대략 4년 동안 끄적거렸던 나의 300여 편의 시들과 추천된 3편의 시들과의 엄청난 대비(對比) - 그것은 정적에 젖은 채 하늘을 담고 있는 모래톱의 언어로나 이야기할 수 있을까? 이제 원시림 앞에 서서 젊음과 순수의 등(燈)만을 들고 그 깊은 어둠을 헤쳐 보려는 탐험가처럼 나는 새삼 시의 영역으로 들어서는 것이다.

발표 그 자체보다도, 그러니까, 문명 속에 일생을 모자이크해야만 하는 숙명의 한 청년으로서 나는, 가장 진실한 증언자가 되고 싶다. 시의 음성과 의상을 통하여, 비록 십자가 아래 고독한 예언자가 된다 하여도, 퇴색하지 않는 언어로 삶 그 밑바닥을 갉아 먹는 독액에 중화제를 던지며, 핏방울 다하는 발언자가 되고 싶을 뿐이다. 일체의 성실을 응결시켜 나의 펜끝에서 어리석음과 욕망과 오류의

혼돈이 파멸하도록 조그마한 넋을 불태우고 싶을 뿐이다.

가하(架下)의 예레미아가 합창이 된다면, 얼마나 좋으랴! 들을 귀 있는 자만이 시의 음성을 들을 수 있고, 또한 들리는 음성으로 이야기하는 자세를 더욱 닦아야 함을 가슴에 새긴다.

박두진 님께 감사드리며, 사랑하는 어머니와 다정한 벗들, 특히 최초로 나의 시를 깊이 이해해주었던 벗 요한과 함께 이 시작의 기쁨을 나누고 싶다. 운율의 불꽃 속에 미소처럼 떠오르는 하나의 얼굴을 응시하며 그것이 불멸의 묘비명으로 나의 이름 곁에 기록될 얼굴이기를 진실히 갈망하며 소감을 줄인다.

1945. 1. 1   황해도 옹진 출생
1970. 2   서울대 법대 법학부 졸업예정
1968. 10   카톨릭시보 주최 현상문예작품모집 시 당선
현(現)   외무부의전실여권과

【안춘근, 《한국고서평석》에서 〈韓의 숲〉 평하다】

《韓의 숲》, 이동진

출판된 지 오래 되어 흔히 찾아볼 수 없는, 고서점에 있는 책을 고서(古書)라 하고, 한손 건너서 헌책 속에 쌓여 있는 책을 고본(古本)이라고 한다면, 그 같은 고본 가운데서도 좋은 책을 찾아낼 수가 있다. 얼마 전에 늘 다니던 고서점에 갔다가 오래 된 고서만을 고르는 사람들의 관심 밖의 고본이 널려 있는 자리에서 특별히 눈길을 끈 책이 있어 집어 들었다.

이 책은 4×6배판 크기의 큰 양장본인데 표지의 위로부터 3분의 1을 옆으로 잘라 "韓의 숲"이라는 제호를 쓰고 그 아래 3분의 2 부분에는 컬러로 나무를 그린 서양화로 가득 채우고 있었다. 이상하게도 표제인 "韓의 숲"의 글자가 보는 각도에 따라서 금빛이 어른거리는 것이었다. 이상하다 싶어 손에 들고 자세히 살펴보았더니 아니나 다를까, 글자의 검은 바탕 속에 나뭇잎 모양의 금박이 박혀 있었다.

그렇다면 이 책의 내용이 어떻든 우선 장정으로 보아 다른 책과는 다른 관심을 끌게 하는 책이었다. 우리가 어떤 책을 희서(稀書)라고 말하는 것은 그야말로 보기 드문 희귀한 책일 경우이고, 기서(奇書)라는 것은 책의 내용이야 어떻든 다른 책과 틀린 특별한 모습만 드러내도 그렇게 말할 수 있다.

그런 의미에서 이 《韓의 숲》은 기서라 할 만 했다. 책의 만듦새가 다른 책과는 다른 것이기 때문이다. 속표지를 열어 보고서야 이 책이 이동진(李東震)이라는 사람의 시화집이라는 것을 알 수 있었다. 또 1969년 12월 18일에 이모에게 기증한 책이었다는 사실도 알게 되었다. 같은 해 12월 1일에 '지학사'에서 출판된 이 시화집에는 많은 원색 삽화가 들어 있는 호화판이다. 그림을 그려 준 화가에게 기증한 책이었는데 어찌된 사연인지 고서점 한구석에 나돌고 있었다. 작가는 책이 출판되자마자 재빨리 서명해서 그에게 기증했는지도 모를 호화판 시화집이었지만, 얼마 전에 고서점에서는 단돈 1천 5백원에 팔리는 고본이 되고 말았다.

책은 사람과 같아서 태어나면서 각기 운명이 달라진다. 사람들이 같은 때 태어나도 서로 운명이 다른 것처럼 책도 같은 날 같은 시각에 발행되지만 어떤 책은 도서관 깊숙이 보관되어 오래 생존할 수 있으나, 어떤 책은 출판되자마자 이 땅에 발붙이지 못하고 사라지는 수도 있다. 책은 발도 없이 세계 어느 곳이나 여행할 수 있다고도 하지만 어떤 책은 태어난 지 얼마 안 되어 무참히 파손되어 쓰레기통으로 들어가는 것도 있다. 책의 운명이 사람과 같다는 생각은 어제 오늘에 비롯된 말이 아니라는 사실을 이 책의 작자도 알고 있었던지 61페이지에는 책을 펴 놓은 그림에 곁들여서 〈삶은 한 권의 책〉이라는 시가 실려 있다…… (이하생략)

– 《한국고서평석(韓國古書評釋)》 동화출판공사,
1986년 9월 5일 초판 발행, 본문 중에서

■ 이동진 시집 출판 목록 (1969~2019) ■

《韓의 숲》
지학사, 1969.12.

《쌀의 문화》
삼애사, 1971.5.

《우리 겨울길》
신서각, 1978.3.

《뒤집어 입을 수도
없는 영혼》
자유문학사, 1979.1.

《꿈과 희망 사이》
심상사, 1980.5.

《Sunshines on
Peninsula》
Pioneer Publishing Co.,
Los Angeles, 1981.3.

《신들린 세월》
우신사, 1983.7.

《Agony with Pride》
Al Hilal Middle East
Co.Ltd., Cyprus, 1985.1.

《Agony with Pride》
서울국제출판사, 1986.8.

《이동진대표시선집》
동산출판사, 1986.8.

《마음은 강물》
동산출판사, 1986.8.

《객지의 꿈》
청하사, 1988.8.

《담배의 기도》
혜진서관, 1988.11.

**《바람 부는 날의
은총》**
문학아카데미, 1990.1.

《아름다운 평화》
언론과 비평사, 1990.12.

**《우리가 찾아내야 할
사람》**
성바오로출판사, 1993.3.

**《오늘 내게 잠시
머무는 행복》**
문학수첩, 1995.10.

《1달러의 행복》
문학수첩, 1998.4.

《지구는 한 방울
눈물》
동산출판사, 1998.4.

《Songs of My Soul》
독일 Peperkorn
Edition, 1999.10.

《개나라의 개나으리들》
해누리출판사, 2003.9.

《사람의 아들은
이렇게 말했다》
해누리출판사, 2007.6.

《내 영혼의 노래》
등단 40주년 기념시집
해누리출판사, 2009.11.

《Songs of My Soul》
《내 영혼의 노래》 영문판
해누리출판사, 2009.11.

《개나라에도
봄은 오는가》
해누리출판사, 2014.12.

《굿모닝, 커피!》
해누리출판사, 2017.12.

《얼빠진 세상》
등단 50주년 기념시집
해누리출판사, 2019.12.

Contents

Capter 1 사랑, 행복, 자유

Capter 2 여행, 일상, 희망

Capter 3 국가, 권력, 돈

Capter 4 교육, 종교, 죽음

Capter 5 굿모닝, 커피!

Chapter 1

사
랑

행
복

자
유

사랑의 맹세

한 세상 한 목숨 단 한 번 살아가는 사람들!
사랑은 영원한 것! 노래하며 사는 사람들!

내심 그것을 믿지도 않으면서,
그러니까 억지로라도 믿고 싶은
간절한 소망, 애처로운 욕망 때문에
속아도 사랑하고 속이면서 사랑하고
사랑해도 속고 사랑하지 않아도 속는 사람들!

아무리 수없이 맹세해도
결국은 빈말뿐인가?
모든 것은 변한다!
그것만이 진리인가?

사랑도 결국은 촛불

통나무 같이 뚱뚱한 초도
결국은 다 타서 사라진다.
천 년이 하루라면
백 년 인생은 한 시간인가?

천 년인들 백 년인들
지상의 삶일 뿐, 무슨 차이가 있는가?
길거나 짧거나 그 장단에
악착같이 매달릴 가치가 있는가?

정해진 운명에 따라
웃다가 울다가 가는 인생,
결국 그것뿐.

사랑한다고 너무 환희에 젖을 것도,
사랑받지 못한다고 슬퍼할 것도 없다.
사람과 사람 사이 사랑이란
잠시 빛나는 촛불에 불과하지 않은가!

아무리 좋아도

아무리 좋아도
하루 종일 좋아할 수는 없다.
때로는 싫어지지 않는가?

아무리 힘이 세도
하루 종일 서 있을 수는 없다.
때로는 풀이 죽어 주저앉지 않는가?

제 아무리 밉다 한들
일 년 내내 미워할 수는 없다.
때로는 덜 미워지고 때로는 잊어버린다.

제 아무리 품질이 우수하다 한들
천 년 만 년 유지될 수는 없다.
때로는 더러워지고 때로는 부서지게 마련!

그러니까 누가 뭐랬나?
형편대로 살라 했지!
허허 웃고 지내라 했지!

장미 가시

사랑에 눈이 멀었을 때는
장미 가시가 보일 리가 없다.
가시가 단단히 날카롭게 위협적일 때
비로소 아름다운 장미가 꽃핀다.

그러나 꽃이란 얼마나 오래 가는가?
그 아름다움은,
한 때의 그 아름다움이란
무엇을 위해 세상을 장식하는가?

사랑이 식은 뒤에도 여전히 눈이 멀어
가시는 보지 못한 채
장미꽃만 황홀하게 바라보는 눈은
무엇을 위해 세상을 방황하는가?

사랑의 노래

많기도 해라
가슴 저미는 사랑의 노래!
그러나 심장마저 베어줄 사랑
정말 그렇게도 흔할까?
눈물의 노래, 뼈가 저리는 이별은
어찌하여 그토록 지지 않고 기승부릴까?

영원히!
아무리 수도 없이 맹세한들,
너나 나나 영원히 숨 쉴 수는 없는데,
살아 있는 동안 우리가 변하는 것은
강물이 끊임없이 흘러가는 것과 같은데,
변함없는 사랑이라니!

한 때의 눈먼 사랑
어찌 변치 않고 배기겠는가?
차라리 날로 더욱 성숙한 사랑 바라는 편이,
더욱 관대하고 한없이 포용하려는 사랑,
아니, 그렇게 되려고 노력하는 마음 자체가

더 바람직하고 더 한없이 고귀하지 않은가!

그대 눈동자, 그대 미소, 그대 입술,
그래, 그대 온몸이 영원히 잊혀지지 않는다 해서
그 추억이 곧 불멸의 사랑이란 말인가?

착각도 자유라지.
하지만 자유가 착각에 놀아나야 하는가?
환상은 각자 제 눈에 안경이겠지.
하지만 눈이 환상 덕에 더 밝아진 적 있는가?

진정한 사랑이란 입술로,
달콤한 노래 따위로 하는 것인가?
얼씨구! 천만에!
어떻게 라니?
너는 잘 알면서도 날마다
아무도 사랑하지 않지. 그 뿐이지.

사랑의 방정식

사랑받기보다는 하기가 더 행복하다고 말하지만
정말 그럴까?
사랑! 얼마나 깊고 뜨거워야 만족할 것인가?
기대한 만큼 충분히 사랑받지 못한다고 느낄 때
그 허전함, 슬픔은 또 어떠한 것인가?

사랑하는 사람들의 모든 소망이
세상에서 남김없이 이루어진다면,
사랑하는 사람들이 모두 결합된다면,
이별의 눈물 단 한 방울도 흘려지지 않는다면,
배신의 탄식, 통곡 소리도 전혀 들리지 않는다면
가는 곳마다 행복이 넘쳐흐를까?
날이면 날마다 만족의 미소만 꽃필까?
누구나 예외 없이 휴식을 만끽할까?
영원히 평화의 샘물로 갈증을 잊을까?

사랑이야말로 가장 강한 독점 욕망이라면,
사랑만이 가장 잔인한 지배 의지라면,
사랑이 순수한 것일수록 더욱 더 배타적이라면,

사랑이 뜨거울수록 더욱 파괴적이라면,
모든 사람이 아무리 진실한 사랑 외친다 해도
세상에 사랑이 존재해야 할 이유가 있을까?
날이면 날마다 사랑의 노래 부른다 해도
사랑이란 인류가 도달 불가능한 다른 은하계의
찬란한 광채, 아니, 몽상의 수수께끼는 아닐까?

인류 전체를 사랑한다고 말하기는 쉬워도
한 사람을 사랑하기란 그 얼마나 힘든가?
사랑한다 말하기에 앞서서 먼저 생각해 보라.
어떠한 사랑이든, 그 누구의 사랑이든
사랑은 무수한 얼굴이 비치는 거울임을.
변덕스럽고 무력하기 짝이 없는 우리 마음이
노도 배도 돛도 없이 건너가야만 하는,
거칠고 무정한, 한없이 드넓은 바다임을.

사랑받기보다 사랑하기가 더 행복하다.
그렇게 말하고 싶다면 나름대로 만족하라.
그러나 한 가지 변함없는 진실만은 잊지 마라.
세상에는 진정한 만족이란 결코 없다는 것을.
두 눈을 영영 감지 않는 한
진정한 행복이란 결코 볼 수가 없다는 것을.

추억에 매달리지 마라

잊을래야 잊을 수 없는 사람이 있다.
아무리 오랜 세월이 흘러도
결코 잊어버릴 수가 없는 사람,
그리운 사람,
다시 만나보고 싶은 사람,
그래, 그런 사람이 있다
누구에게나.

하지만 그 사람도 너를 그토록 애절하게
그리워하고 있을까? 지금도?
그가 그리워하는 사람이 있다면,
네가 아니라 다른 사람,
다른 사람들은 혹시 아닐까?

세월은 기억을 희석시키고
마음마저 싸늘하게 식혀버린다.
그래서 사람이란 변하게 마련.
그 사람이나 바로 너나
모두 마찬가지가 아닌가?

게다가 네가 못내 잊지 못하고
그리워하는 것은, 그 사람이 아니라,
흘러간 그 시절, 아름다웠던 한 순간
그 자체가 아닐까?
솜사탕처럼 기억 속에 녹아버린 추억
바로 그것이 아닐까?

사랑 타령

비행기라는 것도
난생 처음 탈 때 비로소
가슴이 가장 세게 두근거리는 법.
허구한 날 언제든지 타는 것이라면
도대체 무슨 재미냐?

사랑이라는 것도
난생 처음 앓는 열병일 때 비로소
온몸이 가장 세게 활활 타는 법.
허구한 날 사랑타령에 불장난이라면
도대체 그 따위가 무슨 사랑이냐?

사랑하는 그대가 곁에 있다면 그야말로
심장은 이미 터져버린 석류.
그러나 허공에 둥둥 떠가는 것이란
비몽사몽 헤매는 백치의 꿈일 뿐.

사랑이란 동상이몽.
내 사랑 나도 모르는 것,
네 사랑 넌들 알 수 없는 것.

식어버린 정

냄비 속 싸늘하게 식어버린 물이란
가스불만 켜면 다시 끓일 수가 있지.
얼마든지, 언제든지!

제 아무리 꽁꽁 얼어붙은들
어느덧 스르르 녹아버리는 데야,
결국 뜨거워지는 데야 어찌 하겠는가?

가슴속 구석구석 스미는 따뜻한 정이란
긴 세월 도도하게 흐르는 강물,
때로는 허리케인에 몸부림치는
삼각파도지.

그런데 어느 날 아무도 모르게 그만
싸늘하게 식어버렸다면,
다시금 뜨겁게 덥혀줄 불은 어디 있을까?
아니, 정녕 있기는 있는 것일까?

형제란 무엇인가?

가난한 집에 어쩌다 굴러 들어온
알사탕 하나.
침을 꼴깍꼴깍 삼키면서도
동생에게 양보해야 형다운 형이지.

형이 힘에 겨워 다리가 휘청휘청
넘어지려 할 때마다
재빨리 달려가 부축해 주어야
참으로 동생다운 동생이지.

부모에게 비단옷 금덩어리 바치기보다
가난하든 부유하든 따질 것 없이
언제나 우애 깊고 서로 도와야
참된 효도 실천하는 형제 아닌가!

친애하는 형제여!
말만 번드르르하게 아무리 반복한들
친애도 형제도 찾아볼 길이 없지.
차라리 형제인 척하지나 말지!

집안, 지역, 나라, 인종 등등
구차하게 치사하게 가릴 것 없이
우리 모두 형제 되는 날은 언제일까?
그 날은 정녕 오기는 올까?

흔들리는 마음

마음이란 언제나 흔들리지 않나!
손에 잡히지도 않고
눈에 보이지도 않는 마음.
그래서 흔들려야만, 아니, 흔들리는 한
우리는 살아 있지 않나!
살아가고 있지 않나!

사랑하는 마음도 흔들리지 않나!
때로는 갑자기, 날마다 조금씩 변하지 않나!
알래야 알 수도 없고
알아도 만족하지 못하는 사랑.
그래서 하염없이 눈물로 흔들려야만,
아니, 그렇게 흔들리는 한
우리는 사랑하지 않나!
사랑하고 있지 않나!

미워하는 마음마저 흔들리지 않나!
잊어버리면, 무심히 덤덤히 지내다 보면
어느 날 갑자기, 날마다 조금씩 약해지지 않나!

미워할수록 내가 상할 뿐,
내 상처만 더욱 쓰라릴 뿐인 미움.
그래서 가슴이 모조리 불타버려야만,
아니 찢어지고 피 흘리며 무너져 내리는 한
우리는 사랑을 배우지 않나!
다시 사랑하지 않나!

내 몸은 유일한 친구

무한하고 또 무한히 무한한 이 우주 공간에서
내가 나를 의식하기도 전에 이미 하늘이
나에게 베풀어준 작은 선물 하나,
그것은 바로 내 몸이 아닌가!

나의 의식이 사라질 때까지 숙명적으로
허공마저 함께 걸어가야만 하는 친구,
가장 가까운, 불가분의, 유일한 친구.
그러니까 언제나 진실하게 대접해야지.

경멸, 천대, 학대, 혹사 따위는 미련한 짓이지만
과공비례,
너무 아끼는 것도 친구를 잃는 길이지.

적절한 가난은 행복

길에서 잔다.
남에게 밥을 빌어먹는다.
아, 그토록 극도의 가난만 면한다면,
그러나 충분히 가난하다고 할 만큼
그렇게 가난하게 살기만 바란다면,
마음이야 한없이 편안하지 않겠는가?

평생 써도 남을 돈에 짓눌리지도 않는다.
무수한 손가락질에도,
몸값 노리는 납치 위협에도 시달리지 않는다.
아, 그토록 극도의 부유함의 저주만 피한다면,
그러나 헐벗고 굶주리기는 모면할 만큼
그렇게 충분히 부유하게 살기만 바란다면,
장수든 건강이든
실없는 근심에 찌들 리도 없지 않겠는가?

허리 부러뜨리는 가난이란 언제나 괴로운 것.
그러나 그럭저럭 견딜 만한 가난은 행복 아닌가?
주체 못할 부유함은 언제나 번거로운 것.
그러나 즐길 만한 정도라면 넉넉하지 않겠는가?

젊은 날의 가난

노트가 없을 때
아무 종이에나 닥치는 대로 시를 쓸 때,
볼펜조차 없을 때
몽당연필로 글을 쓸 때,
그때가 사실은 행복했다.

피아노가 없을 때
종이에 그린 건반을 짚어가면서
들리지 않는 노랫소리 들을 때,
그때가 사실 더 행복했다.

젊은 날의 가난 그것도 축복이다.
백발 노년기의 가난
그것도 축복일 수 있다.
여전히 감사하는 마음만 있다면!

빈손으로 말없이 떠나갈 때
그때에도 감사하는 마음만 있다면!
작은 별에서 덕분에 잘 지냈습니다.

아무 데나 데려가 주십시오.
거기서도 잘 지내게 해주신다면!

담배 연기

인생이란 무엇인가?
철학의 영원한 씨름 상대겠지.
아무리 제 아무리 풀려 해도
결코 풀릴 길이 없는 것.

그러니까 묻지 말라고.
이미 태초에 던져진 명제잖아!

뭐니 뭐니 해도 인생이란
한 줄기 담배 연기야.
허공에 피어올랐다 사라지는 것.
그러나 사라진 뒤 잠시나마
여운으로 맴돌고 있는 냄새.

어떤 것은 더할 나위 없는 향기.
어떤 것은 너무 역겨운 악취.

아무리 잘났다 한들 네가 뭔데?
아무리 엄청난 부자인들 네가 뭔데?

너 역시 언젠가는 한 줄기 담배 연기
결국은 그 뿐 아니겠어?

그러니까 한 대 더 피워
살아 있는 한.
그거야말로 확인하는 거야
네가 살아 있다는 사실을.

그러고는 웃어봐 실컷,
웃다가 허리가 부러진다 해도.
사람이란 오로지 웃을 수 있을 때만,
아니, 웃고 있는 그 동안에만
진정한 행복을 누리는 거라고!

그런 시절이 있었지

사과상자 엎어놓으면 내 책상.
싸늘한 맨바닥에 주저앉아
호호 입김 불며 고사리 손 녹여
가갸거겨 지렁이 기어가듯
글자 하나씩 그리던 정성.
그래, 그런 시절이 있었지.

석유램프 매연으로 시커멓게 변한 등피
마분지로 닦아 다시 끼우던 나날,
한강에는 백사장이 있었지.
겨울에는 스케이트장도 열렸고
얼음 깨고 잉어 잡는 낚시꾼도 많았지.
그래, 그런 시절이 있었지.

땅강아지가 솔개 보고 놀라듯
아파트단지도 수십 층 빌딩도
하나같이 경이로운 것이었지.
그동안 한강 모래는 모조리 사라졌고
강물은 한겨울에도 얼지 않게 되었지.

하늘이 무너지고 땅이 갈라진들
아무도 놀라지 않는, 그래,
이제는 이런 시절이 왔지.

그래서?
냉난방으로 더위 추위 면한다 해서,
굶어죽을 걱정도 벗어났다 해서
우리는 더 행복하게 살고 있는 것일까?
아니, 더 안전한 나라에서 살고 있는 것일까?

1달러의 행복(2)

새우깡 두 봉지에 소주 한 병,
그거라도 행복한 세상.
너와 나 겨우 천 원씩만 내도 맛보는
푸근한 세상.
우리 인생에 이게 어디냐!

축구장만한 아파트 따위 바라지도 말자.
로또 일등 당첨은 꿈도 꾸지 말자.
성형미인 애인도 수억 짜리 결혼식 따위도
우리 인생의 행복과 무슨 상관이냐?

비록 하루 벌어 하루 먹는다 해도
하찮은 회사 하찮은 월급이라 해도
빈 소주병 눈물로 채우지는 말자.
빈 새우깡 봉지 한숨으로 부풀리지 말자.

내일도 새우깡 두 봉지에 소주 한 병,
우리 청춘에 그게 어디냐!

빵이냐 책이냐?

크림빵 하나에 3천원,
헌책 한 권도 3천원.
빵이냐 책이냐 그것이 문제.

바람에 휩쓸려 멀어지는 낙엽들,
은행나무 아래, 플라타너스나무 아래
밟히고 찢기고 해어진 갈색 파도.

빵인들 책인들 알 리도 없다.
몰라도 그냥 자연으로 돌아가는 군상일 뿐.
그 일생은 행복한 것일까?
의미가 과연 있는 것일까?

빵이냐 책이냐?
역시 그것은 동서고금 영원한 문제!

오늘 살아 있다는 것

지상의 즐거움을 모조리 모으면
오늘은 하루일 뿐.
비극과 고통, 눈물과 한숨 모조리 모아도
역시 오늘은 하루일 뿐.

너의 행복도
나의 불운마저도
오늘 하루 그 어느 한 순간,
먼지 같이 흩어져 사라지는
과거의 추억일 뿐.

한 때, 그래, 한 동안
살아 있었다는 것
그것은 무엇일까?
지금 바로 우리가 살아 있다는 사실
그것은 정녕 무엇일까?

만족하는 하루

오늘 하루 만족할 줄 모른다면
내일도 만족을 기약할 수 없다.
오늘도 내일도 만족을 누리지 못한다면
일생 동안 어찌 만족함을 기대할 수 있는가?

아무리 가난한들, 춥고 배고픈들, 만족한 상태라면
언제나 누구에게나 온 세상은 낙원.
아무리 부유한들, 사치와 쾌락 극도로 누린들,
불만과 불안에 잠긴 사람들에게는
이승이든 저승이든
그야말로 지옥이 따로 없지 않은가?

하지만 천치들 또는 세뇌 당한 바보들의 만족도
과연 진정한 만족이라고 할 수 있을까?
건전한 지성인의 한숨,
현명한 철학자의 고뇌도
쓸데없는 불평불만으로 매도되어야만 하는가?

커피 한 잔

커피 한 잔
설탕, 프림 다 넣어
내 손으로 타서 맛있게 마시는 아침.

조용한 시간
아무 걱정도 없다.

원대한 포부 따위란
개나 물어가라!

그래, 이것이 평화다.
안전이다.

무수한,
참으로 무수한 풀들이
오늘도 여전히 증언하는
생명의 지속, 순환,
종합하면, 역사다.

커피 한 잔으로 만족하라,
바로 이 순간
지상에서 영영 사라진다 해도!

친구에게 선물한 내 모자

추운 겨울날 저녁 친구들 모임에
펠트 모자를 쓰고 참가했다.
인디아나 존스 모자 같은 거.

한 친구가 말했다.
야, 그 모자 멋있는 거야.
내가 써보니 모두 멋있대.

멋있는 모자.
하지만 내가 쓸 때 멋있다는 게 아니라
자기가 쓰니까 멋있다고 하는 그 친구.
모자가 자기 마음에 들었다 이 말이지.
그냥 주면 받겠다 이거지.

Made in Germany야.
비행기 타고 온 거니까
원가는 줘야 되지 않겠어?

그냥 해본 소리야.
물건이란 언제나 모두, 사람도 역시,
각각 자기 임자가 있는 법이지.

결국 모자는 그 친구 머리 위로 가고
내 주머니에는 그가 사준 담배 세 갑.
물물교환? 절대로 아니고,
선물을 서로 주고받은 거라고!

허허허허.
모자는 주인이 바뀌고 말았다.
멋진 모자!

집으로 돌아가는 길에 내 머리는
찬바람에 매우 서늘했다.
그래도 유쾌한 기분.
오늘 밤 친구에게는 연말 좋은 선물!

어떤 손님

느닷없이 찾아온 손님이 있어
어정쩡하게 맞이했지.
손바닥만한 마당 라일락 그늘 아래
차 한 잔, 그 정도면 되겠지 했는데,
아, 일생일대 그보다 더 심한 착각이란
두 번 다시 없었지.

그것은 다행인가? 불행인가?
누가 아는가?

나도 모르게 어느새 손님은 슬그머니
안방에 자리 잡더니
이윽고 아예 드러누워 버렸지.
보따리에 싸온 선물이란 고작 희망, 행복,
그 네 글자 이외에는 빈 바람뿐이었지.

그럭저럭 수십 년 세월은 흘러가버리고
손님은 여전히 안방을 차지하고 있지.
하지만 그 표정은 이제 무척 피곤하게만 보이지.

하룻밤 지나 떠나간 손님이야 어찌 다 헤아리며
한두 해, 길어야 십여 년에 영영 떠난 손님도
무수히, 참으로 무수히 많은 세상이 되었지.
그러니 반세기 한곳에 눌러앉은 손님이야
그 얼마나 지루하겠는가?
어찌 녹초 상태가 아니 될 수 있겠는가?

반가운 마음 사라진 적은 기억에도 없지.
애틋한 정 식어버린 날도 잊은 지가 오래지.
다만 초면이 구면이 된 탓에 어영부영
손님과 더불어 호박씨인 양 세월만 까먹고 있지.
그러다가 결국 어느 날 느닷없이 손님은 떠나겠지.
너도 떠나고 나도 떠나겠지, 순서도 없이.

우리가 단 한 번 걸어가는 이 길이란
인연이 다하면 그 누구도 어쩔 수 없는 길이지.
그러니까, 함께 만난 것이 진짜 행복일 수 있을까?
각자 떠나는 것이 반드시 불행일 수가 있을까?

지상에서 그 누가 손님이 아니라고 장담하는가?
우주에서 그 무엇이 손님이 아니라고 으스대는가?

허깨비들

세상의 무수한 슬픔을 안다고 해서
바로 네가 슬퍼하는 건 아니지.
가지가지 모든 비참을 바라본다 해서
바로 네가 비참한 꼴도 아니지.

무수한 노예 거느린 채 구름 위에서
네 몸이야 언제나 안락할 뿐이겠지.
하지만 네 속도 과연 편할까?
행복의 극치일까?

죽어도
비료도 못될
이 허깨비들아!

고향이란

그립다 생각하면 생각할수록
더욱 더 간절히 그리워지는 것,
그것이 바로 고향!

그리워라 그리워 말을 하면 할수록
우리 가슴 더욱 더 찡하게
울려주기만 하는 것,
그것이 바로 고향!

하지만 멀리서 생각만 한들
고향이 어찌 정녕 고향이겠느냐?
그리워라 아무리 목 놓아 불러본들
어찌 한 걸음이나마
더 가까워질 리가 있겠는가?

제 아무리 가슴을 저민들,
애를 태운들
그게 어찌 고향을 진정 사랑하는 것이냐?

돌아가야 고향이지.
돌아가야만 그곳이 바로 고향이지.
그렇다, 돌아가야 사랑이지.
돌아가 살아야 비로소
그것이 참으로 숭고한 사랑이지.

단칸방이면 어디가
무엇이 그리 부끄러운가?
토담이면 어떻고
그마저 없으면 또 어떤가?

그래, 돌아가야 고향이지.
이웃에게 도움도 즐거움도 한껏 베풀며
어려움도 슬픔도 함께 나누며 살아야
그곳이 정녕 살아있는 고향 아닌가?

짜장면 한 그릇에도 감사!

재깍재깍 멀어져만 가는 세월의 뒷모습
홀로 고요히 응시하는 섣달 그믐날,
올해 최후의 만찬 메뉴라고 하면
더도 덜도 아닌 짜장면 한 그릇이지.

4학년 때 공연히 장난삼아 시험치고
천만 뜻밖에 합격, 엉뚱한 길에 들어섰지.
장난삼아라는 농담 반 진담 반 실토에
욕을 어지간히 많이도 얻어 먹었고
그 덕에 여지껏 살아 있는지도 모르지.

알바 자리도 별로 없어 비실거리던
50여 년 전 그 시절,
짜장면 한 그릇만 해도 하늘에 감사하던
맨주먹 청춘, 우리 그 시절이, 아, 그리워라!
그리워라, 아, 그 시절이여!

그렇다! 인생이란 고작해야 알바다!
유한한 일생 그 시간을 쪼개고 잘라

여기저기 돌아다니며 파는 행상 알바,
시간을 팔아야만 먹고 살아갈 수 있는
알바일 뿐, 그 이상의 무엇이겠는가!

섣달 그믐날 저녁 한 끼
짜장면 한 그릇만 해도 하늘에 감사하며
맛있게 배불리 먹고 만족! 대만족!
찢어지게 가난해도 온누리 우습게만 보이던
맨손 맨발 맨몸뚱이 청춘, 우리 그 시절이,
아, 그리워라! 그리워라, 아, 그 시절이여!

하지만 다시 돌아가고 싶지는 않다.
알바란 한때 겪어보는 것이라 좋은 경험,
인생이란 단 한번이기에 흥미진진한 것.
앞날은 미지수라서 호기심에 모험 만점이지.
지난 시절이란 회상의 양념일 뿐 아닌가?

짜장면 만드는 손이 남아 있는 한
세상은 절망해서는 안 되는 놀이터라지.
짜장면 먹어줄 입이 무수히 있는 한
세상은 영원히 아름답고도
한없이 위험한 정글이라지.

촛불

하나는 약하다.
둘도 약하다.
그러나 셋은 약하지 않다.

다섯은 강하다.
일곱은 매우 강하다.
아홉은 막강하다.

열은 모든 것을 태운다.
앗! 뜨거워!
불이야, 불!

돌아보지 마라

돌아보지 마라,
모래알 같은 잘못 후회할 바에는!
결코 돌아보지 마라,
지난날들 하나 같이 아쉬워할 바에는!

아침 해 서산을 넘지 않으리라,
누가 감히 헛소리로 위로하려 드느냐?
해 지면 달이 뜨고, 달 지면 별들이 있어
밤길도 그나마 우리는 걸어가고 있는 것을.

앞만 보고 걸어라.
남은 시간 얼마 없다 걱정하지도 마라.
그럴수록 더욱 더 앞으로!
비록 저 끝에 벼랑뿐이라 해도!

앞만 보고 걸어도 시간이 바쁘다.
좌고우면 수서양단 우유부단 따위는
제철이 지나도 한참이나 지나간 것들.
먼 바다의 배는 전진하기 위한 것이 아닌가!
바람이 불어가는 곳으로!

며느리의 통곡

모진 시어미가 죽자
며느리가 통곡한다.
온통 흰 머리.
주름투성이 얼굴.
거친 손.
황혼에 찌든 온 세상.
그래도 어딘가 가볍게 울리는
곡소리.
자유.

개 목걸이의 행동반경

개 목걸이에 연결된 개 끈은
개의 행동반경.
그 이상은 절대 불가능,
그 이하는 끈에 매인 자유.

다이아몬드 목걸이에 연결된 애정 사슬도
여자의 행동반경일까?
그 이상도 절대 불가능,
그 이하도 끈에 매인 즐거움, 아닐까?

감투에 연결된 연줄의 고리도
남자의 행동반경일까?
그 이상은 절대 불가능,
그 이하는 끈에 매인 오만, 아닐까?

휴대전화에 연결된 전파의 파장도
남녀노소의 행동반경일까?
모든 생명에 연결된 초침 소리도
삶의 반경에 불과하지는 않을까?

그 이상은 절대 불가능,
그 이하는 지루하게 낭비되는 자유, 아닐까?

독립선언

자유가 아니면 죽음을 달라!
그렇게 외치는 건 자유,
너의 자유다.
그러나 너를 죽이는 것도
그들에게는 자유가 아닐까?
네가 자기 목숨을 지킬만한
무력을 확보하지 못하는 한!

독립선언도 자유다.
얼마든지 언제든지 외칠 수 있다.
그러나 선언서를 휴지로 만드는 것도
탱크 미사일 가진 자들에게는 자유다.
네가 독립을 유지하기에 충분한
무력을 확보하지 못하는 한!

강도에게 자비를 애걸한들,
약탈자에게 인도주의를 설교한들
언제나 어디서나 마이동풍.
아닐까?

힘이 없다면 소리치지도 마라.
오로지 힘만 길러라.
살 길은 그뿐,
선택은 없다 그 누구에게도!

셋방살이 수십 년

셋방살이 수십 년에
일대 이대 삼대 사대
대를 이어 셋방살이.
오늘도 밤에 이사 가는 젊은 부부,
중년 부부, 노년 부부.

대를 이어 충성하는 언 땅
대를 이어 굶어죽는 수천만 목숨.
대대로, 세세대대로
족쇄 채워진 자유.
들리지도 않는, 영원한 절규.

셋방살이 해보지도 않은 무리,
셋방살이 대대로 할 리도 없는 무리
주둥이만 살아 외치는 자유,
선택적, 의도적으로 귀 막는 자유.
주둥이로는 정의, 손으로는 선거 부정,
낮에는 진보, 밤에는 세금 먹튀.

코끼리가 개미를 사랑한다고 외치면
개미 떼는 이미 밟혀죽은 뒤.
차라리 해가 떨어지고 하늘이 무너져야만
대대로 셋방살이도 없어진단 말인가?
대대로 노예살이도 모면한단 말인가?

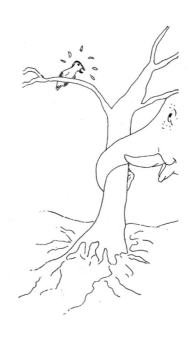

오리에게 지혜를 배워라

살얼음이 빨리 자라는 신림동 개천.
그래도 가장자리에서 멀지않은 물
거기서 노는 오리 두 쌍.

아늑한 집이 없어도,
먹을 것 쌓아둔 창고 없어도
그럭저럭 살아가는 오리.

비록 하찮은 목숨이라 해도
자유! 그래, 자유!
하찮은 목숨이라 해서
하찮은 자유는 결코 아니다!

욕망의 감옥에 갇힌 죄수들,
물욕의 그물에 잡힌 노예들,
만족의 만 자도 모르는 그들보다
오리는 그 얼마나 더 자유로운가!

탐관오리들!
오리에게 지혜를 배워라!
참된 삶의 길을!

황금 새장에 무슨 자유가?

정복자의 발 아래 엎드려 애걸한다
패배자가 목숨을.
자비를 선포하는 황제
의기양양한 그 회심의 미소만이
정복의 피날레 드디어 멋지게 장식한다.

패배자가 마지막 여생을 보내는 저택
그것이 어찌 자랑스러운 궁전이겠는가?
그것이야말로 황금 새장!
날개 꺾인 새가 어찌 다시금
창공을 자유롭게 날아다닐 수 있겠는가?

어차피 언젠가는, 그것도 머지않은 날에
끝장을 보고야 말 목숨이라면,
차라리 당당하게 고개 쳐든 채 소리치고 나서
아사든 고사든 목이 잘리든 처형되는 것이
마지막 남은 황금의 저승길이 아니겠는가?

그러면, 제왕들의 수레바퀴는 영영 멈추었던가?
정복의 칼날에서 뚝뚝 떨어지는 핏방울은
수천 년 후 오늘도 여전히 선명하지 않은가?

기술, 돈, 조직, 지도력 등이 막강한 군단으로 둔갑,
화려한 개선행렬에 샴페인을 뿌리는 동안,
무수한 패배자들이 자신이 패배자인 줄도 모른 채,
뒷골목 어두운 길바닥에 엎드린 채 오늘도 애걸하는 것,
그것은 도대체 무엇이란 말인가?
자유인가? 목숨인가?
자존심인가? 빵인가?

아내 없이 살 수 있다면

아내 없이 살 수 있다면
여자 없이도 살아갈 수 있다.
그러나 여자 없이는 못 사는 남자라면
아내 없이는 살아갈 수 없다.

아내가 있어도
다른 여자 없이는 못 사는 남자는
아내가 없으면 여자 없이도 살 수 있는가?
아내가 있어도
다른 여자 없이 살 수 있다면
아내가 없어도
다른 여자가 있어도 살 수 있는가?

아내든 남편이든,
지상의 그 무엇이든
모두 다 마찬가지인가?
세상만사! 세상만물!
아무것도 문제가 되지 못한다?
문제는 아무것도 아니다?

그 사람은 누구일까?

홀로 걸어가는 그 사람.
뚜벅뚜벅 말도 없이
언제나 쉬지 않고 걸어가는
그 사람.

마주 앉아도,
와글와글 무리에 섞여도
마음은 언제나 홀로.

황혼이 대지를 포옹할 때
홀로 하늘로 미소 날리는
그 사람.

모든 것에 만족하며 감사하며
대지의 품에 안기는 그 사람.
가장 멋지게 살아 가장 위대한
그 사람은 누구일까?

신세계와 어리석은 자유

내가 너를 전혀 모르는 동안
너는 신세계 나에게.
너 역시 나를 조금도 이해하지 못할 때
나는 신세계, 캄캄한 신세계 너에게.

네가 나를 안들 얼마나 알겠느냐?
아직도 모르는 나, 너의 신세계를 찾아라.
내가 너를 이해한들 그것이 얼마나 깊겠느냐?
여전히 감추어진 너,
나의 신세계를 발견해야만 한다.

그러나 네가 나를 끝내 발견하지 못한다 해서
어찌 내가 신세계로 남겠느냐?
내가 나를 알고 하늘과 땅도 나를 아는데,
너만 무지 속에서 헤매고 있을 뿐,
내가 어찌 이 넓은 우주에서 신세계란 말이냐?

시작도 없고 끝도 없는 존재 자체도 말한다.
나는 결코 신세계가 아니다.

너희가 창조되기 이전에 이미 너희 안에 있다.
너희가 모두 사라진 뒤에도 너희 안에 있다.
너희는 나를 모르는 것이 아니라
모른 척하며
그것을 자유라고 부르고 싶을 뿐이다!

언 강이 풀리면

언 강이 풀리면 자유도 풀리는가?
탱크마저 지나갈 얼음장이 풀리면
무수한 사람들 손발에서 쇠고랑도 풀리는가?
무수한 사람들 배에서
굶주림도 죽음도 사라지는가?

눈이 녹으면 산에 들에 꽃은 필 것인가?
산사람도 생매장하는 눈이 녹으면
무수한 눈동자에서
공포의 그늘 사라지고
무수한 사람들 가슴속에서는
정녕 자유가 꽃필 것인가?

언 땅이 녹으면 총칼도 녹아버리는가?
백 년 동토(凍土)가 녹으면
대포도 녹여버리는가?
포신은 굴뚝이 되고
전함은 유람선이 되는가?
평화! 평화! 평화!
합창소리 천지 뒤흔들 날은 언제인가?

Capter 2

여
행

일
상

희
망

여행

누가 지나가든 말든
산과 들, 강이나 해변에게
무슨 상관인가?
누가 쓰러지든 말든
그것도
무슨 상관인가?

판자촌 들어서든 초고층빌딩 솟든
도대체 무슨 상관인가?
왕궁이 불타든 국경선이 무너지든
그것 또한 무슨 상관인가?

이리저리 흩어지는 티끌들,
한 때 소용돌이를 치다가
자취도 없이 사라지는 이름들,
고작 나그네일 뿐.

빈 배낭 하나뿐

너도나도 배낭 메고
어디 가나?
어린 소녀 등에는 홀쭉이 배낭
어디 가나?
검은 양복 선글라스 신사는
무거운 배낭
현금 다발 가득 채워 어디 가나?

머리도 텅 비고 마음도 사막인 사람들,
잔꾀로, 음모로, 쓰레기 정보로,
아니, 절대권력, 산더미 황금으로
아무리 평생, 대대손손 채운다 해도
고작 남는 것은 빈 배낭,
각자의 죽은 몸뚱아리 하나뿐.

보이지 않는 빈 배낭 메고
어디 가나?
등대도 북극성도 없는
캄캄한 바다에서
정녕 어디 가나?

비행기는 모두 만원

외국행 비행기는 모두 만원.
휴가철. 지금은 과연.
떠나기만 하면 어디나 멋진 구경거리,
쇼핑도 골프도 섹스 등등도 결국은
다섯 가지 감각의 먹을거리.

그게 어디 외국에만 있는 거야?
자기 사는 동네 떠나
다른 고장에 가야만 별미냐고!

게다가 평소 일이나 제대로 했어야 떳떳하지.
도대체 휴가 갈 자격이나 있는 거야?
근무시간에 주식 투기, 땅 투기, 컴퓨터 게임,
아니, 야한 동영상마저 즐기지 않았겠어?

술은 처먹지 않았느냐 이 말이야.
개도 잡아먹고 생사람도 때려잡고!
아첨이나 비방이나 음모나 거짓말이나
공금횡령이나 뇌물수수나 다 늘 하던 짓 아냐?

사람의 탈을 쓰고 고작 한다는 짓이란!

그런데 휴가는 무슨 얼어 죽을 휴가야?
차라리 영영 지구를 떠나는 건 어때?
우주여행! 얼마나 멋진 구경거리겠어?
우주선은 모두 만원!
그런 시대가 왜 곧 안 오겠어?

마라나타*!
주님의 거 알아?
껍데기 신자가 알긴 뭘 알아?
성직자? 그는 신자 중 하나 아닌가?

주: 마라나타(maran atha)는 "주님이 오신다" 또는
　　"주님, 오십시오"라는 뜻의 아람어.

무수히 사진 찍힌 산

무수한 손에 사진 찍힌다 해도
장엄한 산은 조금도 변함이 없다.

구름이 무수히 스치고 지나간들,
폭설이 덮친들, 폭우가 쏟아진들
산은 언제나 그 자리에 솟아 있을 뿐.

무수한 사람이 밟아댄다 해도,
그들이 묻혀 저승길을 걸어간다 해도
산이 어찌 스스로 무너질 수 있겠는가?

사진도, 사진 찍은 손도 사라진다.
기억도 추억도 희미해지게 마련.
조난사고의 뉴스마저 망각에 파묻힌다.

한 세기가 천만 번,
아니, 수백만, 수천억 번 반복된다 해도
히말라야는 그 자리에 솟아 있을 것이다.

하지만, 영원히 변함없다고
그렇게 정말 믿어도 될까?

생지옥 풍경화

검은 손이 누르든 흰 손이 누르든,
카메라 셔터는 찰칵! 그 소리뿐.
히말라야는
백인이든 흑인이든 동양인이든 가리지 않고
어느 누구를 위해서든 사진이 될 뿐.

총알도 피부색 가려 박힐 리 없다.
칼도 역시 내려치는 손의 노예일 따름,
누구 목이 떨어지든 상관할 리 없다.

극단적 편견, 무지, 어리석음도,
그 사생아 증오심도
피부색에 색맹인 채
어느 누구의 몸에도 구석구석 스며든다.

그리고 느닷없이 분출,
무수한 사람을 죽이고
생지옥에 몰아넣는다.

그러면 지상의 모든 풍경은 고작해야
인간의 손이 찍은 사진
지옥도가 될 뿐인가?
덧없이 검은 허공에 사라지는 불티들,
무수한 목숨은 우연한 장식
그 소도구일 따름인가?

산과 해

폭우가 쏟아지든, 눈보라 몰아치든,
산은 언제나 우뚝 솟아있다.
수만 년 전이나 지금이나
조금도 변함없이 바로 그 자리에.
사람들이 제대로 바라보지 않을 뿐.
아니, 보고도 못 본 처할 뿐.

무수한 국경선이 사라지든,
수천만이 전쟁, 기아, 역병에 쓰러지든,
해는 언제나 저기 떠 있다.
수십억 년 전이나 지금이나
조금도 변함없이 바로 그 자리에.
사람들이 숭배한다 해서 신이 되는가?

산은 산이고 해는 해다.
그렇게 말하면 바보.
그렇지 않다고 하면 미친놈.
모르겠다고 말하면 해탈한 현자.

카트만두의 먼지

밤이나 낮이나 하염없이 마시고
아침에도 저녁에도 쉴 새 없이 토한다,
먼지를
카트만두에서.

먼지는 신들의 숨결,
무수한 신들의 배설물
카트만두에서는.

삶도 죽음도 보이지 않고
순간도 영원도 말장난일 뿐
카트만두에서는.

하지만 지상 그 어느 곳인들
여기보다 무엇이 더 나을까?
신들을 피로 절이는 곳,
신들을 몰아내고 죽이고 망각하는 곳,
거긴들 똑같은 먼지 바다가 아닌가!

네팔 대지진

구불구불 울퉁불퉁 비포장 신작로
잡목 토막 가득 실은 경운기 꽁무니만
악착같이 따라붙는 흙먼지 구름.
그 거대한 바퀴 밑에 깔려
순식간에 승천한 풍뎅이.

만년설에 덮인 산봉우리들 바라보다가
대지진에, 산사태에, 눈사태에
깔리고 눌리고 파묻히고 쓸려 내려간
수천, 아니, 수만 생령들.

그들은 같은 날 같은 시각에
풍뎅이와 함께 사라지고 말았다.

그들에게 영원한 안식을!
풍뎅이에게도 독수리로 태어나는 행운을!
한편, 살아남은 자들에게는 바로 지금
정녕 무엇이 절실히 필요할까?

구름 위로 날아가는 비행기가 떨어질 때,
떨어지는 낙하산에 구멍이 크게 뚫릴 때,
뚫리는 터널이 무너질 때,
절망하는 자들에게는 희망을!
울부짖는 자들에게도 희망을!

그러나 탐욕에 눈멀어 날뛰는 자들에게는
속수무책을!

난민 텐트

그리스의 코스 섬 아프간 난민.
내전의 살인 허리케인에 내몰렸지
그리스 섬에 이르기까지.
공원, 바닷가 공원은 아름답지만
텐트들은 낭만적인 게 결코 아니지.

그들은 피크닉 중이 아니지.
관광객도 더욱 아니지.
먹을 것도 없이, 마실 물조차 없이,
병들어도 다쳐도 약도 없이
한 시간 또 한 시간
목숨을 이어갈 따름이지.
희망도 없이,
내일도 기약 없이.

아무도 돌보려 하지 않는 21세기 문명.
그 속에 상처투성이 괴물인 야만.
무관심의 야만.
이기심의 야만.

총으로 일어선 자는 총으로 쓰러진다지만,
정의, 평화, 행복, 그것은 사치스러운 주문,
생존마저 하찮은 구걸이란 말인가?
인간, 신의 창조물 중 최악의 실패작이라면,
구원이란 과연 무슨 의미가 있는가?

먼지 속에 탄생하는 걸작

비좁은 골목의 막다른 구석,
짙은 안개인 양 스며드는 먼지.
반 지하 골방 침침한 한 구석에서
거대한 목제 가면을 깎고 다듬는 장인.

무명인들
평생 갈고 닦은 솜씨야 어디 가겠는가?
남이야 알아주든 말든
걸작은 언제나 걸작으로 남을 뿐.

장인은 가도 솜씨는 남아
새로운 손에서 더욱 찬란하다.
먼지 속에 탄생한 것이기에
걸작은 더욱 성스럽기만 하다.

서로 영원한 수수께끼

사라진 고대 종족의 비석
아무리 뚫어져라 들여다본들
해독할 길이 없다.
어느 누구에게 물어볼 길도 없어
영원한 수수께끼일 뿐.

마주 앉아 아무리 오래
다정한 듯 이야기를 나눈들
동상이몽인 한 두 마음은
서로 영원한 수수께끼일 뿐.

외국어란 별 게 아니다.
내가 너에게 비석이라면
너 역시 나에게는 수수께끼일 뿐.
외국어만 그런 게 아니라
같이 쓰는 모국어 역시!

히말라야가 높다 한들

5천 미터까지 오케이!
내일은 6천, 그 다음에는 7천.

히말라야가 아무리 높다 한들
하늘 아래 산.
해마다 수백 명이 올라가는 산.
금년에는 365명인가?

올라가다 죽어도 기어이,
내려오다 죽어도 기를 쓰고
끊임없이 올라가는 산.
허겁지겁 내려와야만 하는 산.

산이란 다른 곳으로 갈 리도 없고
날마다 거기 있을 뿐인데
못 올라가 안달하는 이유는 뭔가?
아무도 모르는 이유,
아무도 대답할 길이 없는 그 이유……

비행기에서 내려다보이는 산
그저 바위 더미 흙더미일 뿐.
오르고 내리는 것이 무슨 의미가 있는가?
바로 이런 의문이야말로 지상에서
가장 어리석은 것은 아닐까?

질그릇에 고이는 물

드넓은 들판에 한 줄기 오솔길.
길가 풀밭에 놓인 질그릇,
보잘 것 없는 작은 질그릇.

빗방울 하나 또 하나 떨어지면
반쯤 차기도 하고,
햇볕이 쨍쨍 계속 쪼이면
물은 모조리 증발해 버린다.
토기마저 부서질 듯 아슬아슬하다.

아무리 채우고 또 채운다 해도
어디론가 새어 나가는 물.
느닷없이 푹푹 줄어드는 물.
그래서 영영 가득 찰 날 없는 질그릇.

이윽고 그 날이 오면
소리 없이 부서지는 질그릇.
물은 고스란히
흙에 잦아들 뿐.

지상 어디서나 널리고 널린 질그릇들.
하나하나 모두 아름다운,
전능한 손이 빚은 걸작들!

속이지도, 속지도 마라!

히말라야 계곡 따라
천천히 기어오르는 구름을
발 아래 굽어본다고 해서 누구나
진짜 신선이 되는 것은 아니다.

날마다 짙은 안개에 가려
진세의 눈에서 단절되었다 해서
곧 해탈에 도달하는 것도 아니다.

눈에 보이는 것이란
그 어느 것에도 현혹되지 마라!
동시에, 눈에 보이지 않는 것,
그 어느 것에도, 결코
속아 넘어가지 마라!

무한히 큰 것이 어디 있는가?
무한히 작은 것이 어디 있는가?
사람들이 거룩하다 칭송한다 해서
그것이 반드시 거룩한가?

많은 사람이 진리라고 믿는다 해서
그것이 반드시 진리인가?

속이지 마라!
속지도 마라!

어제와 내일

어제여, 다시 한 번!
어제는 그리운 것만으로 가득 찬 것일까?
슬픈 것도 지겨운 것도 많고,
오히려 잊고 싶은 것은 더 많지 않을까?

내일이여, 어서 빨리 오라!
솔직하게 진심으로 그렇게 말하는가?
내일은 행복으로 가득 찬 무지개인가?
그렇다고 누가 단정하는가?
자기 코앞에 한 치도 내다보지 못하면서!

역사의 모든 비극, 잔혹, 살육, 고통 그것도
각자에게, 모두에게 한 때는 "내일"이었다.
그리고 살아 있는 각자에게 모두에게는
바로 "어제"가 아닌가!

오늘 하루

하루가 간다.
어느 날인들 가릴 것도 없이
하루가 아닐 리 있는가?
하염없이 오고
한 결 같이 간다.
어느 누구에게나 똑같이!

인생이란 돌아다보면
단 하루에 불과한 것.
그나마도 깜빡
꿈을 꾸던 시간일 뿐.

오늘 하루
그것만 해도 만족하라.
감사하라.
그날이 오면
마음껏 웃을 수 있도록!

시간의 무게

시간이 무겁다고 하는가?
나이 들어 외로우면 시간이 너무 무거운가?
슬픔에 가슴 메이면
시간은 못 견디게 무겁기만 한가?

시간에 무슨 무게가 있단 말인가!
네가 지고 가기 힘든 것은 시간이 아니라
바로 고독 그 자체가 아닌가?
너의 몸을 꾹꾹 짓눌러
땅 속인들 어서 들어가고 싶게 만드는 것은
바로 슬픔 자체가 아닌가?

그래도 시간은 역시 무겁디무거운 것.
배신도 버림받은 처지도,
슬픔도 외로움도 모두 하나 같이
시간의 분신에 불과하기 때문이 아닌가!

오래 살면 살수록 시간에 짓눌려
더욱 괴롭고 더욱 허우적거릴 뿐.

그런 줄 빤히 알면서도 단 한 시간이나마
더 오래 살려고 발버둥.
바로 그것이 어리석은 인간의 숙명 아닌가!

그러나 지구 자체를 저울추로 삼은들
누가 재겠는가 시간의 무게를?

고독은 결코 두려워하지 마라!

그냥 외로움은 가벼운 감기.
고통스러운 고독은 지독한 몸살.
절망적으로 쓸쓸함은 치명적 인플루엔자.

침묵은 죽음의 문을 열고
대화는 생명의 길을 닦는다.

천지에 의지할 곳 전혀 없다 해도,
사랑하라
하찮은 잡초 한 포기마저!

눈 녹듯 외로움은 사라질 것이다.
새싹이 돋듯 삶의 의지도 샘솟을 것이다.

천지창조를 다 마치고 난 뒤에도
그분인들 외롭지 않았겠는가?
오죽하면 자기를 닮은
인간을 지상에 낳았겠는가?

고독은 결코 두려워하지 마라!
고독이야말로 가장 큰 은총!
사랑을 발견할 가장 좋은 기회!

봄이 걸어오는 소리

똑! 똑! 규칙적으로
처마 끝에 떨어지는 물방울 소리,
봄이 걸어오는 소리,
성큼성큼 다가오는 소리.

억울한 눈물들이 떨어지는 소리,
혹시나 아닐까?

버림받은 사람들의 한숨 소리,
굶주린 뱃속에 몰래 숨은 꼬르륵 소리,
일 없이 빈둥거리는 사람들의 그 절망의 함성,
행여나 그런 소리는 아닐까?

봄이 걸어오는 소리 해마다 들린다.
성큼성큼 다가오는 소리 수없이 반복된다.
시대가 변하고 세대가 젊어진들
겨울에 갇힌 군상
언제 봄을 볼 것인가?

은퇴 후

은퇴 직후는 가을.
겨울 채비를 하는 가을.
아름다운 황금빛 계절.
봄맞이는 없다.

떠날 때가 온다
어느 누구에게나.
그러면 결국
각자 홀로 떠난다.

대자연의 순환 속에
우리는 각자
물 한 방울
또는 나뭇잎 하나.

떠나는 자도
바라보는 자도
그리고 슬퍼하는 자도
대지에 스며드는 것.
그것일 뿐.

가을이다

하루가 달리
날마다 변하는 가을.
해마다 더욱 유난히도
소중하게 다가오는 계절.
그러나 한층 더 멀어지는 가을.
하늘 높이,
날마다 한없이 높이
사라져버리는 가을.

가을 모기

한 이틀 내 피를 빨아먹더니
어디론가 사라져버린 모기,
가을 모기.
힘이 다 해
소리도 없이 죽어버렸나?

시도 때도 없이 무수한
사람의 피를 빨아먹는 사기꾼들,
거짓말쟁이들, 위선자들.
모기약을 뿌려도 없어지지 않고
기어이 천수 다 누린 뒤
살찐 몸뚱이 구더기 밥으로 바치는 자들.

가냘픈 모기가 차라리
그런 자들보다 더 자연스럽다니!

서점과 쥐새끼들

서점 하나도 없는 동네
먹자골목 불빛만 휘황찬란하다.
그래도 좋다고 하자.
아니, 그래서 뭐가 어때?
삿대질이다.
그래도 좋다고 하자!

서점 하나도 없는 대학가.
대학다운 대학이 있어야
대학가다운 대학가도 있지!
그래!

그래도 대학 간판이 보이는 거리
그걸 대학가라고 하자.
예비 실업자들이 수없이 서성거리는 거리
그것도 대학가라고 치자.

술집, 카페, 빵집은 즐비해도
서점은 하나도 없는 대학가

그런 것도 역시 대학가라고 치자.
그래도 좋다고 하자!

자칭 위대한 선구자들, 멘토들, 대부들,
그 많은, 위대한 지도자들
모두 어디로 숨은 쥐새끼들이야?
지금 어디서
뭘 야금야금 혼자 갉아 먹고 있는 거야?

대답은 침묵뿐

어린 소녀가 몸부림치며 소리쳤다.
엄마! 엄마! 엄마!
슬픔에 젖어, 고뇌에 찢겨
홀로 영영 가버린 엄마였다.

10년 또 10년이 지난 어느 날
소녀도 엄마가 될 것이다.
그리고 또 한참 세월이 지나면
다른 소녀가 몸부림치며 울부짖을 것이다.
엄마! 엄마! 엄마!
아무리 사치에 젖어, 행복에 겨워
편안히 영영 가버린다 해도.

어린 소년도 주먹으로 눈물 훔치며,
두 어깨 들썩이며 소리쳤다.
아빠! 아버지! 아버지!
가난에 찌들어, 질병에 부서져
홀로 눈을 감은 아버지였다.

소녀는 할머니가 되고
소년은 할아버지가 되었다.
그러나 시작도 끝도 없는 삶은
오늘도 여전히 쉴 새 없이 반복한다.
그리고 사방에서 날마다 들려오는 소리.
엄마! 엄마! 아빠! 아빠!

대답은 오로지 전능하신 그분만이 한다
침묵으로.
그러나 우주를 뒤흔드는 천둥으로!
아무도 들을 줄 모르는 그 목소리로!

그리운 라면

하숙집으로 들어가는 골목 그 입구에서
문득 걸음을 멈춘 대학생 둘,
한없이 배가 고픈 청춘.
고시가 뭐길래……
빌어먹을 고시공부……

아줌마! 라면 둘!
포장마차에서 울려나오는 목소리:
계란 넣어요?
대학생들은 멀거니 마주보기만 한다.

너 돈 있어?
달걀 하나에 10원, 두 개 20원이야.
그들의 눈짓은 서로 묻기만 한다.
이윽고 맥 빠진 대꾸:
달걀은 빼고요……

커피 한 잔에 35원 하던 시절
1960년대 중반.

그때는 달걀이 보름달처럼 보였다,
라면 냄비에 뜬 한가위 보름달처럼!
달걀 하나의 꿀맛이야말로
일생의 행복 전체만큼 황홀했다!

그들은 이미 장관 자리 거치고 은퇴,
백발의 70대를 유유히 즐기고 있다.
그러나 비프스테익에 꼬냑을 음미한들
보름달 라면의 맛이야 다시는 없다,
아무리 그리워한들!

사실 그들이 못내 그리워하는 것은
라면이 아니라 흘러가버린 청춘이다.
날마다 배가 고프기만 했어도
그때가 한없이 그리운 것이 아닌가!

그냥 살다 가면 그만일까?

헌책 다섯 권에 칠천 원.
굴비 한 마리보다도 못한 거라 하겠지.
하지만 보는 눈이 있는 사람에게는
굴비 천 마리, 아니, 갈비 백만 톤보다
더 영양가 풍부한 정신의 진미!

검은 비닐봉투 속 헌책들
제법 묵직하니 오후 쇼핑은 대만족.
그런데 참으로 기이하게도
추석 전날 인파가 붐비는 거리에서
문득 온 몸이 얼어붙는다,
한 가지 의문 때문에.

달이야 수십 억 년 전이나 지금이나
지상의 희로애락 알 리도 없이
그 달이 그 달일 따름 아닌가?

달을 여신으로 숭배하던 사람들은
모두 어디로 갔을까?

보름달에 감탄하고 감회에 젖는
무수한 사람들은
서둘러 어디로 가고 있는가?

그냥 살다 가면 그만이지,
그 누구도 영원히 찾을 길 없는 해답 따위
뭐 하러 골치 아프게, 애타게 갈망하는가?
그렇게 냉소하며 행복한 표정에
사람들은 천하태평인 듯!
거리를 온통 휘젓기만 하다니!

내가 천치일까?
나 홀로 미친 것일까?

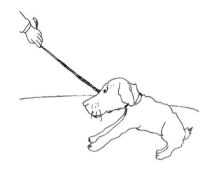

믿는 도끼

발등 찍힌다는 말
수도 없이 들어 왔지만
찍혀봐야 안다.
정작 찍혀봐야만 그 맛을 안다.

남의 발등이야 찍히든 말든
남의 발등일 뿐이었지.
그래, 네 발등인들 남들 눈에는
남의 발등에 불과하지 않은가!

도끼를 믿은 게 잘못일까?
도끼 쥔 손이 잘못일까?
아니면, 딴 마음?
누구의 마음일까?

아무리 좋은 꿈인들

꿈이란 아무리 좋은들
여전히 허망한 꿈일 뿐.
꿈속의 미인이란
제 아무리 매혹적이라 해도
역시 꿈속의 미인일 따름.

우리의 일상,
힘들고 아프고 괴로운 삶,
결국은
꿈 밖에서 꾸는 꿈은 아닐까?

재산, 지위 등 모두가 바람.
미인, 명성 등 모두 그림자……

청춘의 꿈

청춘이란 다시는 돌아올 수 없다지.
그래, 그건 그래.
그런데, 정말 그럴까?
청춘의 꿈이란
은은한 노년의 어느 날 저녁
문득 다시 꾸게 되는 게 아닐까?
나도 모르게, 아니,
너도 모르게 말이야.

한창 바쁘기만 하던 시절,
그래, 청춘의 그 나날이 흘러가 버리는 동안
정신없이 빠져 허우적대던 꿈.
수십 년 잊었던 그 꿈을
다시는 꾸지 못하는 노년이란
그 얼마나 쓸쓸하고 슬프기만 할까?

나도 모르게, 아니,
너도 모르게 푹 빠져보고 싶은 꿈.
그래야만 영원한 꿈이 아닐까?

영원히, 영원히 이루어질 수 없다 해도
그거야말로 정녕 아름답고
가슴 찡한 게 아닐까?

청춘, 다시는 돌아오지 않는다 해서
슬플 것도 아쉬울 것도 없지 않을까?
꿈을 꾸는 시간이 이어지는 한,
나도 모르게, 아니, 너도 모르게
우리 자체가 꿈으로 존재하는 한!

파도의 길

한 구비 파도가 밀려온다.
하늘마저 무너뜨릴 작정인 듯,
앞 파도는 모조리 쓸어버릴 듯이
거침없이 무섭게 밀려오는 파도.

그 뒤에 또 한 구비 파도,
그 뒤에 또 한 구비 파도.
그리하여 무한히 이어지지만,
결국 해안선 모래톱에서,
또는 하찮은 절벽 앞에서
모두 맥없이 사라지는 파도.

자만의 자멸.
독점욕의 신기루.
우주의 바다에서는
인류의 역사 역시 물거품.

누가 보고 있을까?
아니, 누군가 보기는 볼까?

시간

시간은 소리가 없다.
사람들이 공연히 시끄러울 뿐.

시간은 매듭도 없다.
사람들이 증오, 장벽, 투쟁, 살육 등
각종 매듭으로 자기 목을 졸라댈 뿐.

오늘은 토요일.
내일은 일요일.
그뿐 아닌가?

불꽃놀이

오로지 단 한 순간 번쩍!
그리고 영영 사라진다.
섬광이란 원래 고작 그런 것일 뿐.
순간이란 원래 섬광, 동시에 암흑,
아무도 볼 수 없는 것.

그러나 어느 순간도 사라지지 않는다.
아무도 볼 수가 없을 따름.

끊임없이 이어지는 순간들,
그러나 결코 무한할 수는 없는 것.
먹이를 조이는 뱀 그 똬리인 양
각자의 목 칭칭 감아 날로 자라고 있는
순간들의 동아줄.
보이지 않아도 확실하게 졸라매는 줄.

때로는 섬광, 때로는 암흑.
셀 라 비! (C'est la vie!)

전 세계 주요 대도시 불꽃놀이,
화려한 섬광의 파노라마,
그건 한갓 순간들.
허공의 암흑은 영원하다.
인류 전체의 부끄러운, 잔인한 순간들
잠시나마, 일부러, 위장하는 폭죽!
셀 라 비! (C'est la vie!)

피 흘리는 초승달

나는 보았다,
문득 밤하늘을 찢고 솟아나는 초승달.
보이지 않는 화살을 쏘아대는 활인가?
손잡이 보이지 않는 예리한 환도인가?

검붉은 달.
핏빛인가?
아니, 피를 철철 흘리는 달.

무수한 용이 허공에서 몸부림치며
바닥없는 심연으로 추락했다.
자세히 보니 그것은 거머리,
배 터지도록 피를 빨아먹은 거머리들!
천방지축 문민 양반,
김이박최 마골피!

이윽고 소리 없이 번개가 우주 끝에서
다른 끝을 갈라 내치니
온 하늘을 가리던 거대한 용도

단말마의 극치에 이르렀다.
불타는 몸뚱이, 사실 그것은
처음부터 허수아비였다.

아니, 초승달은
너무나도 일찍 썩어 떨어지는
죽은 달이었다.

먼 동 트는 하늘

먼 동 트는 하늘
무엇이 부끄러워 얼굴을 붉히는가?
지상에서 끊임없이 이어지는 어리석음,
잔인한 짓, 속임수, 배신행위 등을
오늘도 말없이 내려다보기 때문인가?

모든 창문이 캄캄하여
나그네 홀로 동녘으로 눈을 돌린다.
싸늘한 바람이 도전해도
하늘 높이 치솟은 나무들은
가지 하나도 흔들리지 않는다.

희망이란 원래 수줍은 여신인가?
가슴마다 꼭꼭 숨은 채
뒷모습마저 드러내지 않는 여인.
그러나 먼동이 틀 때 대도시의 거리마다
바람 타고 모든 가슴에 스미는 여인.

지상에 사람이 하나라도 살아 있는 한
나그네의 발길은 결코 외롭지 않을 것이다.
언젠가는 그를 만날 것이니까,
아니, 그를 만날 희망을 품고 있기에.

그들의 평화! 그들의 번영!

느닷없이 바람 한 줄기,
목련도 벚꽃도 우수수 소나기.
강 건너 산 도둑들 칼을 가는데도
부어라 마셔라 계집 끼고 춤추는 사내들
그들의 평화! 그들의 번영!

바람 한 점 흐르지 않아도
아침저녁, 아니, 밤에도 하나씩
소리 없이 떨어지는 꽃잎.
태어나기 이전으로 돌아가는가?
생명의 원천 바로 그곳으로 회귀하는가?

탄생이 번민의 시작일 뿐,
죽음이 추억의 샘이라면,
생사가 어찌 하나며 동질이겠는가?

바람이야 제 멋대로 불다 그치다 한들
꽃마저 하염없이 떨어지기만 하는가?
필 때까지, 활짝 피어 있는 동안,
아니, 흙으로 돌아간 뒤에마저
창조의 영광 마음껏 노래해야 한다!

빈 말

무엇을 입을까 걱정하지 마라.
무엇을 먹을까도 염려하지 마라.
참고 견디면 좋은 날이 반드시 온다.
아, 달콤한 위로의 말!
아, 천사 같은 격려의 말!

그것은 찬바람에 얼어 송장처럼
딱딱해진 두 뺨에 스치는
뜨거운 입김 같은 것.

하지만 추위 막아줄 옷은커녕
허기진 배 채워줄 빵 한 조각 없이
천사의 입김은 그냥 지나갔다.

오갈 데 없는 사람은 쓰러지고,
잠시 쏘인 뜨거운 입김 때문에
오히려 두 뺨은
더욱 심하게 얼어 터지고,

그래서 빈 말이란 참으로 모진 바람,
한 겨울 마른 풀들을
한 순간 마춰시킬 뿐
무책임하게 달아나는 잔혹한 바람.

들판을 차라리
휩쓸지나 말 것을!

빨래가 운다, 초도 운다

빨래가 운다, 울어.
바람이 변할 때마다
남의 집 마당 빨랫줄에 걸려
빨래가 운다, 울어.

사내는 어디선가 목매달리고,
아내는 어디선가 목을 매달고,
아이들은 어디론가 사라지고,
역사든 운명이든 돌고 또 돌고.

초가 운다, 초가 울어.
바람에 홀리고 또 홀려
촛불이 흔들릴 때마다,
미친듯 신나게 펄럭일 때마다
초가 운다, 초가 울어.

초의 눈물은 더욱 커지고
날로 더욱 빠르게
주루룩 주루룩 흘러내린다.

백 달러 지폐쯤이야 담배나 말아 피지.
십억 달러는 고작해야 찐빵 포장지,
백억 달러는 벽지로나 쓸까?
백조 달러는 종이비행기나 접지.
만조 달러인들 밑씻개도 못 되지.

굶어죽는 자는 행복하다,
구원을 받았으니.
얼어 죽는 자는 행복하다,
영생을 얻었으니.
아하, 죽음이 곧 위대한 애국이요,
절대 평등이다 이거지.

빨래가 운다, 울어.
초도 운다, 울어.
하늘도 울고 땅도 우는데
사람만 울지 못한다.
탈 없이 울어볼 자유조차 없으니.

처음 그 맛!

맨 처음 그거, 꿀맛이었지?
두근두근, 짜릿짜릿, 처음이니까.
그런데 날마다 보고 만지니 어때?
시큰둥, 심드렁, 별 거 아니지?

중고라도 마이카 처음 몰고 달릴 때,
난생 처음 비행기에 탔을 때,
그 신바람 아직도 기억하고 있어?
하지만 이제는 땅도 하늘도 너무 막혀
골치 덩어리, 아니, 생존에 위협 아냐?

인공지능 옷을 입고 새처럼
창공을 마음대로 날아다닌다면
그 얼마나 황홀한 세상일까?
그런 옷 처음 입을 때 학수고대하나?

하지만 너 혼자만 날아다니는 게 아냐.
강도 살인 납치범에 정신병자도 날아다녀.
방범에 교통정리는 누가 할 거야?

가짜, 불량품, 고장 등에는 속수무책!

그런 옷을 입고 날마다 출퇴근한다?
오, 천지신명이여, 맙소사!
차라리 걸어다니는 게 더 편할 거야.
더 안전하고 더 건강하고!

우주여행 좋아하네.
구경할 것도 별로 없겠지만
개나 소나 모두 로켓 타고 올라가면
우주도 별 수 없이 인간쓰레기로
나 죽는다! 나 죽어!
비명을 지를 테지. 뻔할 뻔 자야.

발견 발명이든, 발전 발달이든 다 좋아.
나는 꿈이 있다! 마음대로 소리치라고.
악몽이든 개꿈이든 꿈은 꿈이니까.
하지만 어차피 딱 한 번, 오직 한 때만
여길 거쳐 가는 바에야
없어도 그만인 것들이야 탐낼 게 뭔가?

사랑이든 돈이든, 사람이든 물건이든,
천하에 그 무엇이든
처음 그 맛이나 새삼 잘 음미해 봐.

사람 사는 맛이란
오로지 그거 하나뿐인지도 모르니까.

Capter 3

국
가

권
력

돈

아, 대한민국! 오, 대한민국!

한밤중에 갑자기 아버지를 잃은 어린 아들,
어린 딸이 엄마 품에서 자지러지게 운다.
과부는 그들을 끌어안은 채 통곡한다.
아들 잃은 노모는 눈물만 흘릴 뿐.
살만큼 살아온 노부는 망연자실,
눈물마저 마르고 목은 이미 쉬었다.

사람들은 말한다.
무심한 파도 위 군번만 남긴 채
그들은 사나이답게, 참으로 군인답게
조국의 서해에서 산화했다고.

그러나 아무도 책임은 지지 않을 때
성난 파도는 더욱 사납게 다시
몰아치고야 말 것이다.
헛된 명예가 모두 그들에게 안길 때
거짓 평화가 산사태 되어
안일하고 비겁한 무리 쓸어갈 것이다.

아, 대한민국!
얼마나 많은 배가 두 동강 나야만 비로소,
얼마나 많은 어부가 수장을 당해야만 그제야
두 눈 똑바로 뜨고 현실을 직시할 것인가?

오, 대한민국!
그들은 자랑스럽게 외치고 사라졌건만!

충성!

인적 드문 골목 한 구석에 활짝 핀
목련꽃 하얀 송이송이
며칠 전 아들 잃은 어머니의 눈물인가?
그토록 크고도 소리조차 없는가?

어쩌면 목련꽃 붉은 송이송이
갑자기 과부 되어 젊은 여인이 토한
원망, 절망, 멸망의 핏덩어리인가?

한 사람이 문득 느닷없이 사라지고 나면
그를 영영 잃어버린 이 어디 한둘인가?
수십 명이 바다에서 흔적 없이 사라지면
산 자들이 잃은 것 고작 그들뿐인가?

충성!
목숨 바쳐 충성!
말은 참으로 좋다!
멋지다! 장하다!

그러나 누구는 바다에 빠져죽고
또 누구는 연줄로 아예 달아나버린다면,
소리 없는 총성이 전파보다 더 홍수 지는 판에
애국심!
참으로 뻔뻔한, 공허한 꽹과리 소리!

목련꽃 하얀 송이송이
무수한 눈물로 하염없이 떨어진다.
목련꽃 붉은 송이송이
온 누리에 붉은 카펫 깔아 구두에 밟힌다.

봄!
가장 지독한, 잔인한 거짓말!

대륙은 섬이다

하찮은 섬 하나를 두고
그들은 천하라고 부른다.
아득한 수평선 너머
광대한 대륙이 있는 줄도 모르는 그들.
대륙이 무엇인지조차
알 리가 없는 우물 안 개구리들.

실개천 하나를 사이에 두고
야산들을 경계로 삼는가 하면,
수 천 수만 개 마을로 분열.
전쟁이 최고의 직업이다
수만 년 동안.

섬 하나를 제패한들
그는 과연 영웅일까?
영웅이라 부른들,
황금 동상을 곳곳에 세운들,
그는 참으로 위대할까?
신으로 숭배를 받은들,

한낱 구더기 밥에 불과하지 않을까?

여섯 개의 대륙도 결국은
여섯 개의 섬.
다섯 개의 대양도 결국은
다섯 개의 호수.

지구 자체마저 미세한 섬.
가시적 우주의 지평선 너머에는
무슨 대륙이 있을까?
인류가 영원히 알 수도 없는
무수한 대륙들,
그것들마저 역시 섬이 아닌가!

전쟁이란 학살일 뿐

배가 고파서 죽이는 게 아니다.
배가 아파서 그런다.
서로 배가 너무나도 아파서
마주보며 설사하는 것.
증오의 설사.

인정머리란 단두대에 보낸 뒤
휴머니즘 따위는 외치지도 마라.
손발 싹싹 비벼 사정해 본들
강자는 칼날을 내려칠 뿐.

죽느냐 죽이느냐 그뿐인가?
무수히 발사되는 총탄은
파괴의 사정(射精) 아닌가?

결국 전쟁이란 서로 죽이다가
모조리 죽어야만 끝장나는
공멸의 불꽃놀이.

배가 고파서 죽인다면 단순살인.
그러나 전쟁은 학살,
그리고 학살, 또 학살일 뿐.

정의의 깃발 따위는 흔들지도 마라.
자유의 현수막조차 사치 아닌가?
신의 이름으로?
그거야말로 천만 번 죽은들
영영 속죄가 불가능한
신성모독 아닌가!

아베만 그런 자가 아니다

위안부라니? 누가 누구를 위안해?
성노예가 아니라 위안부라고?
그 따위 미사여구 사용하면,
그런 자들은 오늘도 "위안"을 받나?

창녀라니? 게이샤 말이냐?
에도시대부터 유곽에 들락날락
너무나도 익숙해진 탓에, 당연히,
그들 눈에는 모두가 창녀겠지.
국적 불문하고! 게이샤든 뭐든 모두 창녀!

아니, 자발적 창녀라니?
침략전쟁과 식민지 시대에,
그 잔인한 야만의 시대에
자발적인 게 도대체 하나라도 있었나?

수탈, 절대빈곤의 수렁에서 풍기는,
아우슈비츠, 부켄발트의 독가스 같은
유혹, 유괴, 납치, 강요 등등만 뺀다면,

기모노 속 구멍에 쑤셔 박았던
그 물건을 빼듯 쏙 빼어서 버린다면,
여자들이 제 발로 걸어 집합소에 나타났으니
당연히 자발적으로 보이겠지.
아니, 당연히 그렇다고 우기고 싶겠지.

아베 혼자만 그러는 게 아니다.
눈도 멀고, 얼도 빠진, 일구이언
얼간이 신사숙녀 여러분!
광신, 오만, 시대착오의 칼로
백 년 전이나 지금이나 줄기차게 변함없이
열심히 자해를 일삼고 있는
자가당착 영악한 신사숙녀 여러분!

결코 지울 수도 없는, 가릴 수도 없는
역사의 오점들을 훈도시 빨듯
어용필자들 손으로 세탁하겠다는 건가?
엔화의 연막으로 싹 가려버리겠다는 건가?

하하하하!
온 천하가 웃음바다.
후지산 목장의 소들마저 웃고 있다.
목장 주인들만 모를 뿐,
아니, 모른 척 애써 외면할 뿐.

핵! 핵! 핵!

핵폭탄을 펑펑 터뜨리겠다고?
그게 무슨 장난감 풍선인 줄 알아?
그래, 눈 깜짝할 사이에 수백 만,
아니, 수천만 동족을 저승사자
한 입에 처넣어야만 네 속이 시원하겠어?

백골만 산더미일 뿐
물크러진 핏덩이 바다뿐인 네 똥배가
시원해진들 세상이 뭐가 달라지는 거야?

제 손으로 제 목 조르며 캑캑거리는 것이
핵! 핵! 괴성이나 지르면 최고야?
살아도 이미 죽은 목숨인 주제에
저승길 외로울까 미리 걱정하는 거야?

놀부에게 빌붙어 고작 빌어먹는 주제에
하루나마 더 연명하려면 작작 까불라고.
아닌 밤중에 홍두깨, 그건 네가 아니라
바로 네게 닥칠 운명이라는 거야.

몰매 맞아 죽기 전에 정신 차려 봐.
그래야 네 새끼들이라도 살아남지.
짐승만도 못한 주제에 그나마 할 수 있는
인간다운 일이란 오로지 그거뿐이야.

누구에게 무엇이 문제인가?

짜장면 한 그릇이냐? 담배 한 갑이냐?
그건 오늘 저녁 문제도 아니지.
좌향좌냐? 우향우냐?
돌고 또 돌면 다람쥐 쳇바퀴지.

핵폭탄이냐? 장거리 미사일이냐?
그것도 맞아죽기는 매일반이지.
어느 놈이 어디서 맞아죽는지는
인류 역사상 두고두고 구경거리겠지만.

이런들 저런들 도대체 뭐가 문제냐?
긁어 부스럼에 기우에 불과한 거야!
그래, 낙천주의, 최고 행복한 자들!
그래, 최고 찬사에 모든 훈장 독식할
자격이 충분하지!

거리마다 흘러넘치는 그들 곁에서
짜장면 한 그릇이냐? 담배 한 갑이냐?
고민 아닌 고민에 잠시 망설이다니,
바로 그것이 문제가 아니라면
도대체 누구에게 무엇이 문제란 말이냐?

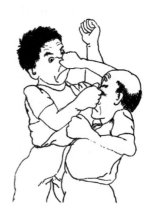

홍콩은 땅콩일 뿐

고래가 백여 년 가지고 놀다가
늙고 지쳤는지 싫증이 났는지
토해 버린 땅콩.
애지중지하다가 남 주기란 정말 싫겠지.

콩가루로 만들기는 더욱 아까운 장난감.
아무리 아쉬워도 어쩔 수가 없어
억지로 억지로 게워 버린 땅콩.

비겁한 곁눈질이나 하던 거대한 문어가
단숨에 날름 삼켜버렸지.
아편에 취해 해롱해롱
비몽사몽간에 싹뚝 꼬리 자르기 한 주제에
재수 좋아 엉겁결에 꿀꺽 삼키니,
에헴! 이제야말로 천상천하유아독존!

땅콩이 제아무리 뿌리를 뻗은들
돌섬 위에서 얼마나 길게 깊게 가겠는가?
고래 꼬리 위에서는 그나마 자유,

하지만 천길 만길 문어 먹물 속에서는
삭아 녹아내리기란 시간문제.

땅콩은 역시 땅콩.
스스로 자기를 지킬 힘이 없는 한
하찮은 한낱 땅콩에 불과할 따름.
어느 입이 삼키든 시간문제,
어느 뱃속에서 흔적도 없이 소화되든
스스로 선택하는 운명일 뿐.

반딧불이 그리고 미사일

밤마다 하늘은 바다,
반딧불이 불빛의 바다.
들판에 출렁이는 것은 평화의 잔물결뿐,
오로지 황홀하기 그지없는 고요함!

핵탄두란 수천만 인민들의
빼앗긴 자유가 압축된 감방.
발사대는 수백 만 아사자들의 뼈로
쌓아올린 죽음의 바벨탑!

셋, 둘, 하나, 발사!
미사일 똥구멍이 내뿜는 화염,
눈부신 화염.
수천만, 수십 억 반딧불이가
순식간에 사라진다 영영.

만세! 만세! 만만세!
동원된 함성이 아무리 우렁찬들,
어느 황제가 권불십년의 올가미,

최후의 단말마 피할 수가 있었던가?

창조주를 원망하지 마라.
네 운명을 탓하지도 마라.
인간의 일은 인간의 손으로 해결해야지.
그것이야말로 유일하게 참되고 보람 있는
찬미 그리고 감사가 아니겠는가!

조롱(鳥籠)

조롱 속의 새는 바깥세상이 부럽다.
자유, 평등, 정의,
그리고 무엇보다도 평화가!

하지만 새 장사 곁에 누운 노숙자는
차라리 그 새가 부럽다
팔자 늘어진 그 새가!

조롱 속에서 겪는 행인들의 조롱은
사실 사치스러운 불만이지.
조롱 밖에서 홍수 지는
부자유, 불평등, 불의 등등이야
새보다는 노숙자가 더 뼈저리다.

다시금, 하지만,
새든 노숙자든 동시대에 걸쳐
잠시 여기 지나가는 나그네가 아닌가!
전능한 존재가 있다면 그에게는
인류 역사도 한줌 농담이 아닐까?

간질병 시대 만세!

미친년 널뛰듯이 천하를 휩쓰는
유언비어, 가짜 뉴스, 여론 조작,
결국 모조리 거짓말.

사실은 간질병이 대유행인
시대가 시대인 만큼
너도나도 귀가 간질간질하지.

입도 간질간질, 눈도 간질간질,
온 몸도 옴이 올라 역시 간질간질!
긁어대는 손가락도 간질간질!

실성해서 웃는 놈만 광땡일까?
미칠 듯이 간지러워도 숨죽인 채
한숨에 눈물만 흘리는 게 제 정신일까?

태평양에는 평화가 없고
인도양에는 인도주의가 없지.
대서양에는 위대함이 과연 있을까?
아아, 간질병 시대 만세!

한국 꿈이란?

꿈은 아름답다고 하지.
하지만 모든 꿈이 정말 그럴까?
꿈은 반드시 이루어진다고 믿지.
그래, 반드시 믿어야만 하겠지.
하지만 과연 그런 것일까?

중국몽은 비단 꿈, 실크로드일 테고
미국몽은 황금 꿈, 골드러시 아닌가?
일본몽이 서양 흉내, 원폭 날벼락이라면
중동몽은 아라비안나이트, 유전에 익사!

황제몽이든 거지의 꿈이든 모두
허망한 개꿈이기는 피장파장일 테지.
인생 자체가 한낮 백일몽일 뿐이라면
눈감은 꿈이란 그 얼마나 하찮은가?
두 눈 뜬 꿈 따위는 뭐가 그리 대단한가?

그럼에도 꿈은 아름답다고 하자.
간절하면 반드시 이루어진다고도 믿자.

그러면 한국 꿈은 무엇이어야만 할까?
우린 지금 무엇을 어떻게 꿈꾸어야만
나름대로 길몽인 셈이라고
후세에나마 좋은 소리 조금은 들을까?

너의 조국은 어디인가?

애국이란 애국충정을 바칠만한
나라가 있어야만 하는 게지.
나라도 그냥 나라가 아니라
조상 대대로 내려온 조국이라야 하지.

애국충정이 뭔지 조국이 뭔지
제대로 배우지도 못한 주제에
입으로만 애국! 애국! 한다고 해서
그게 진짜 진정한 애국인가?

애국에는 좌도 우도 없다고 하지.
말이야 번드르르하지, 암, 그렇고말고.
그래, 상하도 전후도 없어야만 하지.
그렇다면, 김이박최 장삼이사에게,
천방지축 마골피에게도 물어보자.
너의 조국은 어디인가?

아무리 높은 자리에 잠시 앉았다 해도
수천만 국민의 하나에 불과할 따름인

그에게도 엄중하게 물어보자.
너의 조국은 도대체 어디인가?

무명용사 앞에서는 그 누구인들
입이 백 개라도 할 말이 어디 있겠는가?
침묵 속에 헌화, 그것도 과분하지.
그런데 바로 그런 자리에서 헛소리라니!
아니, 계산된 정치구호나 나불대다니!

애국충정이 뭔지 알 리도 없다면,
조국이 어디인지 가릴 눈도 없다면,
차라리 입 닥치고 먼 산 구경이나 하지.
수치의 역사 속에 사라질 준비나 하지.
뭐가 아직도 모자라서 그 못난 꼬락서니
만천하에 과시하고 돌아다니는가?

모래 폭풍과 민심

만리장성 또 쌓는다 해서
모래바람 막을 수 있는가?

나무 심기?
뿌리 내리기도 전에
모두 말라죽는다면?

사막을 막는 것은 오로지 물.
물이란 무엇인가?

민심! 자발적 민심!
자유, 행복, 안전이 보장된 나라
거기 진정 자유로운 사람들의 민심!

그 외에는 그 무엇이든
모조리 신기루다!

욕망

욕망이란 밑 빠진 독,
채울 길이 없는 것.
채우면 채울수록
공연히 목만 더 타는
갈증.

채우려는 생각 자체가
애당초 어리석은가?

욕망이란 육체의 아지랑이,
지울 길이 없는 것,
끊을 길도 없는 것.
지울수록 더욱 선명해지고
끊을수록 더욱 늘어나는
독충.

없애려는 의욕 자체도
애당초 어리석은가?

천치들의 왕국

넝쿨장미는 담장에 기대 시들고,
알코올 중독자는 아스팔트에 누워 잠들고,
5월말 햇살은 따갑기만 하다.

어떤 얼간이는 절벽에서 투신자살하고
어느 천치는 여전히 뇌물에 손을 내민다.

비뚤어진 심보는 영원히 파괴적이고
무심한 세월은 무서운 칼날이다.

성도착증에라도 걸린 듯
흰 것을 검다고 무리 지어 떼쓰고
검은 것을 희다고 고래고래 악만 쓰는
소위 지식인들, 잘난 사람들!

그들만이 즐기는 천국
천치들의 왕국.

연 줄과 연줄

연 줄이 탁! 하고 끊어지면
연은 홀로 하늘 높이 사라져버린다.
어느 연인들 줄이 끊어질 날 없으랴?
어느 줄인들 어느 날 끊어지지 않으랴?

연줄 연줄이 탁탁 끊어지면
청탁 부탁 혼탁 목탁 모조리 사라진다.
어느 연줄인들 천 년 만 년 이어지랴?
어느 청탁인들 날이면 날마다 고래심줄이랴?

인연이 닿으면 언젠가 또 만나게 마련.
만나서 반가우면 마주 보고 웃으면 그만.
애타게 그리워한들 무심 세월이 아니 가랴?
모른 척 시치미 뗀들 타는 속이 시원하랴?

연 줄이 영영 끊어지지 않는다면
사람이 줄에 매달려 허공으로 사라진다.
연줄 연줄이 질기게도 내내 이어진다면
웃다 울다 가는 세상 무슨 재미가 있으랴!

낙하산 인사

낙하산 떨어지는 곳에는 뭐가 있을까?
뭐가 있기에 그토록
낙하산을 타지 못해 안달일까?

의자가 있다면, 빙글빙글 안락의자가 아니라
불타는 쇠 의자일 테지.
황금이 있다면, 스위스은행 금괴가 아니라
펄펄 끓는 황금 쇳물일 테지.

명성이 있다면,
만고에 향기로운 이름이 아니라
자기 얼굴, 가족, 친지 등등에 먹칠,
아니, 똥칠하는 것일 테지.

낙하산이 떨어지는 곳에서 뭐가 기다릴까?
아가리 딱 벌리고 있는 호랑이일까?
불타는 족쇄 든 저승사자일까?

아니, 그건 마지막 좋은 일 할 기회,
시간, 정열을 모조리 잡아먹는 괴물,
그 이름은 자아도취, 탐욕 또는 눈먼 어리석음!

낙하산이란 원래
아래로 떨어지기만 하는 것,
한없이 추락시키기만 하는 것.

야만인들

한껏 절은 나머지 철철 피 흘리는 칼이
언젠가 바위에 부딪쳐 부러질 때,
결국은 녹이 슬어 삭아버릴 때,
어느 누가 아쉽다고 한숨을 쉬겠는가?
그 누가 슬프다고 눈물을 흘리겠는가?

한껏 자아도취에 미쳐 마구 날뛰는 권력이
머지않아 눈 녹듯 무너져버릴 때,
결국은 역사의 어둠 저편으로 사라질 때,
어느 누가 안 됐다고 그 무리 동정하겠는가?
그 누가 한 가지 공적인들 기억하겠는가?

메뚜기도 한 철, 매미도 한 여름!
무수한 가슴에 피눈물 가득 차 넘치도록
모질게 짓밟고 채찍으로 마구 갈긴다 해도,
그래서 제 아무리 부귀와 영화 누린다 해도
결국 메뚜기나 매미보다
무엇이 더 낫단 말인가?

가난의 탈 쓴 채 가난한 자를 울리지 마라.
정의의 탈 쓴 채 정의의 목을 조르지 마라.
교육의 이념 뒤에 숨은 채
세상의 눈을 찔러 멀게 하지 마라.
언론의 자유 내세워 언론도 자유도 죽이지 마라.
종교의 권위 휘둘러 참된 신을 모독하지 마라.

그런 짓이란
권력의 야만보다 더 악독하지 않으냐!

청문회 공범들

부동산 투기 말입니까?
그건 아내가 한 일이라 나는 모릅니다.
그러나 여러분 가운데 누군들 안 했겠습니까?

위장 전입을 했는지 물으시는 것입니까?
그것도 아내가 한 일이라 나는 알 리 없습니다.
그러나 여러분인들 어느 누가 안 했겠습니까?

재산등록에 누락이 많다는 지적입니까?
하, 참! 입도 안 아프신 모양이군요.
그건 기억이 잘 나지 않아 모르겠습니다.
그러나 여러분인들 모조리 기억하고 있습니까?

있느냐 없느냐 딱 부러지게 말하라는 겁니까?
더 이상 여기서 말하는 건 부적절합니다.
이것저것 시시콜콜 여기서 딱 부러지게 말한다면
여러분 가운데 누군들 허리가 딱 부러지지 않겠습니까?

역지사지(易地思之)!
세상만사 다 그런 거 아닙니까?
질문하는 여러분도 답변하는 위치에 놓일 겁니다.

언젠가 이 자리가 아니라면,
과거 현재 미래 깡그리 들여다보는
한없이 거대한 현미경 아래 놓이게 된다 이겁니다.

형식에 불과한 청문회라면,
아니, 바로 그러니까,
여러분이나 우리나 모두 공범 아닙니까?

공범 공화국 만세!
차라리 솔직하게
우리 다 같이 만세 삼창하고
그만 합시다!

은퇴한 관리

노예처럼 일했다고?
문자 그대로 진짜 노예였잖아!

국가를 위해 일했다?
민족을 위해?
그 따위 말은 하지도 마.
그냥 노예였을 뿐이잖아!

때로는 권력에, 피에 굶주린 자들,
대개는 황금에, 쾌락에 찌든 자들,
그들의 진짜 노예였을 뿐이지.

그러나 참으로 더 무서운 사실은
너 자신의 노예였다는 것.

출세, 권력, 돈 따위에 눈먼 욕망,
그래, 바로 그 욕망의 노예로
여태껏 살아왔을 뿐이라는 것.

네가 퇴장할 문이 바로 코앞이야.
문 저쪽에서는 뭐가 기다릴까?
너의 진짜 주인이지.
아무도 모르는 주인.

노예!
과연 관리들만 그럴까?

가면무도회

사람들 눈에 보이는 너는 점잖은 신사,
네 눈에 보이는 그들은 모두 바보 천치.

너는 자신만만하게 속이고,
그들은 비겁하게 속는다.
네 뒤에는 사자탈의 그림자가 도사리니까.

최고 명품으로 치장한 너는 우아한 숙녀,
네 눈에 남들은 모두 하찮은 무지랭이.

너는 오만하게 턱으로 사람 부리고,
그들은 비열하게 굽실굽실.
너는 사자탈 뒤에 도사리고 있으니까.

파티란 원래 한두 시간 뒤에 끝나는 것.
흥겨운 아첨꾼들 모두 흩어지고 나면
사자탈은 모닥불 위에서 재로 변한다.
영락없이 그 꼴이다.

신사는 알고 보니 원래 지푸라기 허수아비.
숙녀는 고작 한 줄기 연기.
박수갈채 소리가 들리지 않는다.
관중도 원래 허수아비니까.

경칠 놈들

사슴을 가리키면서 말이라고 우기는 자,
진리의 탈을 쓴 채 허수아비 춤이나 추는 자,
성스러운 옷을 입은 채 명리에만 눈독 들이는 자,
요것들이야말로 영영 경칠 놈들!
아닐까?

무고한 백성 마구 잡아다가 경치는 자,
무지한 백성 마구 속여 치부하는 자,
자기 집 불 지르고 남의 집마저 태우는 자,
요놈들이야말로 참으로 호되게 경칠 놈들!
아닐까?

경칠 놈들 놓아주고 뇌물로 배 채우는 자,
경칠 놈들 찬양하여 훈장 받고 으스대는 자,
그런 자들의 이름을
온 세상에 널리 홍보해주는 자,
요놈들이야말로 혀 빠지게 경칠 놈들!
아닐까?

한 명을 죽이면 경칠 놈! 옳소!
수백 수천만을 죽이면 민족의 태양! 빌어먹을!
인종청소 자행하면 절세의 영웅! 맙소사!

남을 경칠 자격이 있는 자는 하나도 없는데도
사방에서 경치는 소리만 요란하게 들려오는
이 치사한 경치 속에서는
차라리 눈멀고 귀먹거나
태생 천치인 경우에만 행복한 자!
아닐까?

바퀴벌레들

굴러가니까 바퀴라고 하지.
굴러가야 제 구실을 하지.
그런데 바퀴도 아닌 것이
바퀴벌레라니!

굴러가지 않잖아.
굴러갈 수도 없잖아.
원래 바퀴 자체가 없는 것이
무슨 개떡같이 바퀴벌레라는 거야?

정치판에서 이전투구나 날마다 즐기고
사리사욕에 얼빠진 것들이란!
산마루에서 개골창 바닥까지
득시글대는 바퀴벌레들이란!

징그러운 것들! 지겨운 것들!
그들이 소리친다.
우리가 남이냐?
우리만 푸대접하지 마라!

우리도 한 몫 챙기자!

그 속임수 장단에 놀아나는 허수아비들.
그 등쌀에 날마다 피눈물 짜는 허깨비들.
한없이 가련하기만 하다니!
재수도 팔자도 더럽게 없다니!
각자 선택의 여지란 정말 없는 걸까?
이 눈부신 21세기에!

절정에 오른 자들

하늘이 찢어지듯 최고봉이 터지듯
온 세상 뒤흔드는 소리,
그 절정
무수히 많았지.

그 바람에 수천만, 수억,
무수히 죽었지.
억울하게, 이유도 모른 채.

그러나 소리 없는 절정 또한
무수히 많았지.

이름도 국적도 종교도 없이
수십 억, 수백 억, 수천 억,
무수히 죽었지.
스스로.

위대한 문명의 흔적만 남긴 채,
자기 흔적은 전혀 남기지도 못한 채.

그러니까 그들이야말로 진정한 절정,
영원한 절정이 아니겠는가!

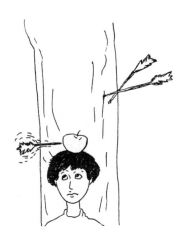

고무장갑 낀 손

고무장갑을 끼기만 하면
무슨 똥이든 마구 주물러댄다.
핏덩어리도 태연히 집어던진다.
뇌물을 움켜쥐면 더없이 유쾌하다.
어느 놈의 모가지든 비틀어버릴 수 있다.

더러워지는 건 고무장갑뿐일까?
그 손은 영원히 결백할까?
고무장갑 낀 손
높은 곳에,
거룩한 곳에 너무나 많다.

날강도, 테러리스트들 때문에
세상이 어지럽다지만, 난세라지만,
정녕 한 세상에 무서운 것은
고무장갑 낀 손들이 판치기 때문이다.
아닐까? 정말?

돈의 무게

천 원, 만 원, 십만 원, 백만 원,
억! 억! 억! 조! 조! 조! 경! 경! 경!
아기가 우는데, 병에 걸려 우는데
병원에 데려갈 수가 없다,
돈이 없어서.
그에게 수십만 원은 바로 생명이다.
보험? 그걸로 안 되는 병도 많다.
백만 원, 천만 원, 수억, 수십억 원도
휴지처럼 버리는 자들도 있다.
세상이란 원래 그런 것인가?
돈의 무게가 다른 게 아니라
사람 목숨의 무게가 천차만별!

돈

돈이 떨어졌다 해서
슬퍼하지 마라.
아직은, 그래, 아직은
삼각 김밥 하나는 살 수 있잖아?
김밥이라도 먹고
오늘 하루 힘내!

주머니가 정녕 썰렁하다 해서
기죽지는 마라.
아직은, 그래, 아직은
샌드위치 세 겹짜리는 살 수 있잖아?
그거나마 먹고
오늘 하루는 기운 내라고!

인생 단 한 번 살다 가는 것.
어느 누구든, 그래, 어느 누구든
돈이나 벌려고
세상에 태어난 건 아니잖아?
돈이란 쓰기 위해 버는 것.

쓸 줄도 모르는 돈이라면
그거야말로 정말 뭐 하러 벌어?

벌어도, 제 아무리 많이 벌어도
끝이 없는 돈. 그래, 돈 자루란
채워도 채워도 영원히 가득 찰 수 없는 것.
채우다 채우다 지쳐서 죽을 목숨이라면
한여름 큰 가지에서 떨어지는 낙엽보다 못한 것.

돈이 단 한 푼도 없이 떨어졌다 해도
결코 기죽지 마라
적어도 오늘만은!
슬퍼하지도 말고!

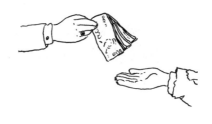

돈 좀 있으면

돈 좀 있으면 좋은 일이나 좀 하지.
돈 좀 있다고 으스대는 건 뭐야?
꼴사납게! 재수 없게!

돈이면 다야! 죽어도 우기겠지.
그래, 정말 세상만사,
돈이면 다야?
유전무죄, 나 홀로 낙원!
정말 그래?

돈 좀 있다는 게
도대체 얼마나 있다는 거야?
십 억? 천 억 눈에 그건 거지야.
천억인들 일 조 눈에는 역시 거지!

온 나라가 몽땅 네 거라 해도
강대국 장군 눈에 네 모가지란
한낱 추풍낙엽!

로마든 중국이든 그 황제라는 것도
공수래공수거,
결국 빈털터리 거지일 뿐.
염라대왕에게 싹싹 빌 테니까,
지옥이나 면하게 해 달라고!

그러니 돈 좀 있으면
좋은 일이나 좀 해 봐.
하고 싶어도 못할 때가 닥치기 전에,
너무 늦어 후회나 하지 말고.
그래, 지금 당장
좋은 일 하나 시작해 봐.

가난한 자와 부자

가난한 사람들은 축복받았다
하늘나라가 그들의 것이기 때문에.
그러나 하늘나라에 들어간다고 해서
땅을 차지할 수 있는 것은 결코 아니다!

반면에 부자들은 더욱 축복받았다
지상의 모든 땅은 그들이 차지하기 때문에.
그들은 하늘의 땅도 지옥의 땅도
살아생전에 모두 차지할 것이다!

가난한 사람들은 하느님의 사랑을 받는다.
동시에 굶주림과 고통, 고뇌와 천대도 받는다.
질병과 요절도 사랑 속에 받는다.

부자들은 더욱 더 사랑을 받는다.
그들은 끝없는 욕망의 채찍도 맞지만
압사할 정도의 돈 벼락도 맞는다.
안일, 쾌락, 명성 속에 장수를 누리지만
죽음의 공포는 가난한 사람보다 더 클 것이다.

가난한 자는 얼떨결에, 또는 체념 속에 죽지만
부자는 남기는 것이 너무 많아 미련에 질식하기 때문에.

가난한 사람들은 행복하다.
도둑맞을 것도 없고 세금 걱정도 없다.
이혼 걱정도 위자료 걱정도 없다.
그러나 추위에는 떨고 더위에는 몸부림칠 것이다.

반면에 부자들은 더욱 더 행복하다.
방범 장치, 사설 경호원, 탈세 궁리에 만족한다.
재산 자랑, 지배력의 과시는 얼마나 통쾌한가!
범죄를 저질러도 보석이든 사면이든 자유자재다.
이혼을 여러 번 거듭해도 행복하기만 하다.

가난한 자들은 구원을 받는다.
눈물의 계곡에서 벗어나고
고통에서 해방될 것이다.
온갖 천대와 무명인사의 신세에서도 해방될 것이다.
묘지에서 만민평등을 처음 실감할 것이다.

부자들도 역시 구원을 받을 것이다.
지상의 모든 행복에서 해방되고
모든 재산에서 해방될 것이다.
모든 안락, 쾌락, 자유, 명성에서도 해방될 것이다.
술, 마약, 도박, 사기, 탈세에서는 물론!

노블레스 오블리쥬

하늘이 우리 각자에게 두 손을 준 것은
한 손으로 남의 멱살 움켜쥐고
또 한 손으로는 뺨을 갈기라는 뜻이었을까?

외로운 사람, 우는 사람, 괴로워하는 사람
두 팔로 끌어안고 위로해준다면,
가난한 사람, 지친 사람, 쓰러지는 사람
부축하고 끌어주고 밀어준다면,
그것이야말로 두 팔의 노블레스 오블리쥬!

아무 힘도 없는 사람,
의지할 곳 하나 없는 사람
대신해서 먼 길을 걸어가 준다면,
그것이야말로 두 다리의 노블레스 오블리쥬!

보아도 보지 못하는 사람,
들어도 듣지 못하는 사람
대신 보고나서, 대신 듣고 나서 깨우쳐준다면,
그것이야말로 두 눈, 두 귀의 노블레스 오블리쥬!

돈이 많을수록, 지위가 높을수록, 권세가 등등할수록
노블레스 오블리쥬를 더욱 외면하기 쉬운 세상에
오로지 마음과 정성만이
그 진정한 샘이 아닌가!

쌀이 떨어지다

쌀이 떨어지다……
얼마나 무서운 말인가!
아무도 떨지 않는다.
쌀이 떨어진 곳은 남의 집이니까.

쌀이 떨어졌을 때……
상상조차 하기 싫은 일 아닌가!
아무도 관심을 기울이지 않는다.
남들이 나서서 해결할 일,
결국은 남의 일이니까.

온 누리에 쌀이 떨어지다……
무수한 목숨이 낙엽으로 떨어진다.
그러나 배가 터지도록 먹는 사람들,
외국으로 줄행랑치는 사람들,
한둘일 리가 어디 있겠는가 말이다.
남의 일!
그렇게 외치는 사람들 아닌가!

쌀이 떨어지다
오늘……
맑은 하늘에서 바위 우박이 쏟아져 내린다.
그러나 꽁꽁 얼어붙은 마음들은
끝내 단 하나도 부서지지 않는다.
참으로 무서운 것은 바로 이것!

항아리와 자루

비운 만큼만 채운다,
항아리든 자루든.
억지로 너무 많이 채우면
흘러넘치거나 터져버린다.
(결국, 과유불급이다.)

사람이란 아무리 키가 크든,
몸집이 거대하든,
항아리 하나
또는 자루 하나.

억지로 욕심을 너무 많이 채우면
흘러넘치거나 터져버린다.
(결국, 역시, 과유불급이다!)

파종기에는 일을 해야지 일을.
추수기에는 관조해야지 차분하게.
곳간이든 창고든 자꾸만 짓는 것은
세상에서 가장 미련한 짓이 아닌가!

각자 자기 항아리 하나,
자루 하나 적절히 채우면, 그만!
터지면 끝이지.
깨지면 끝장이지.

요즈음, 이래도 되나?

돈 좀 있다고
남의 얼굴에 물 컵 던져도 되나?
젠장, 제까짓 게 얼마나 있다고!
제기랄, 얼마나 오래 간다고!

입에 혀가 달려 있다고
거짓말 찍찍 내뱉어도 되나?
젠장, 그것도 혓바닥이라고!
제기랄, 얼마나 더 해먹겠다고!

인기 좀 있다고
아무데서나 개망나니 짓 해도 되나?
젠장, 그까짓 게 무슨 물건이라고!
제기랄, 뭐 그리 대단하다고!

권위 좀 있다고
남의 몸, 영혼마저 망쳐도 되나?
젠장, 지가 뭘 안다고!
제기랄, 혹세무민 얼마나 통한다고!

권력 좀 있다고
남의 일자리 팍팍 뭉개도 되나?
젠장, 제까짓 게 뭐라고!
제기랄, 얼마나 오래 간다고!

젊은 실업자들

좍좍 퍼붓는다 비가.
하늘이 설사한다 마구.
돈은 다 어디 갔나?
먹을 건 다 어디로 갔나?
쪼로록 쪼로록 비를 맞는다 개가.
집도 없는 개 뱃속은 꼬로록 꼬로록.

주루룩 주루룩 눈물을 흘린다
어린이공원에서 젊은 실업자들이.
대굴대굴 대굴대굴 굴러간다 비탈을
일찍 떨어진 초록색 감이.
하염없이 굴러간다 눈물 따라.

도랑에 처박히면 썩어버릴 감.
막다른 골목에 이르면 사라져버릴 청춘.

좍좍 퍼붓는다 비가.
숨 막히도록 턱까지 차올라오는 근심.
쪼로록 쪼로록 비를 맞는다
맨손에 아무것도 없는 청춘은.

개 팔자가 상팔자다
부잣집 개를
부러워해야 하는 청춘에게는.

돈은 바보다

돈은 바보다.
필요한 사람들은 싹 외면한 채
불필요한 자에게는 찰싹 달라붙는다.
그래서 결국
푸대접에 버림마저 당한다.

돈은 눈먼 바보다.
돈에 눈먼 바보들만 좋아한다.
돈의 참된 가치 알 리도 없고
제대로 쓸 줄도 모르는 바보들만
정신없이 끼고 돈다.

그러니까 말이다.
돈이 없다고 한탄하지 마라.
오히려 네가 그 얼마나 똑똑하면
돈이 너를 피하는지 깨달아라.
그리고 마음껏 웃어라.
그것만이 너의 유일한 행복이니까!

Capter 4

교
육

종
교

죽
음

책은 길이다

책은 길이다, 열린 길.
그러나 길을 만든 사람은
그 주인이 아니다.
길을 걸어가는 사람만이 진짜 주인.
올바로 길을 걸어가는 사람 말이다!

책은 광장이다, 열린 광장.
그러나 주변의 가게들은 돈이야 벌지만
그 주인은 결코 아니다.

거기 모여 즐기고 교류하는 사람들이다.
우정, (진정한!) 사랑을 맺는 사람들만이
광장의 진짜 주인인 것이다!

책은 사람이다, 무수한 사람.
좋은 사람, 나쁜 사람, 유능, 무능한 사람.
책도 역시 그러하다.
유익한 책, 해로운 책, 쉬운 책, 어려운 책.

그러나 탓하지 마라. 책은 잘못이 없다!
선택이나 잘 하라.
책임은 전적으로 사람에게 있다!

책은 친구다. 거울이다.
책은 결국 인생, 모든 것이다.

책을 제대로 알아보는 안목

책이란 원래 자기를 알아주는
주인을 만나야만 하고
사람도 자기에게 맞는 책을 만나야만 한다.
그래야 책이 비로소 절친한 친구,
애인, 스승이 되지 않는가!

고전이든 신간이든 따질 것도 없다.
유명하든 말든 아무 상관도 없다.
책이란 어느 것이나 그냥 책,
각자 제 눈에 안경이다.

서가에 수십 권이라도 꽂혀 있다면
그걸로 만족하라.
수천, 수만 권이 반드시 더 큰 만족이 고인
샘일 리는 없지 않은가?

집에 서가가 없다면 도서관에 가라.
대형서점이든 헌책방이든 찾아가라.
거기서 진정한 친구도 애인도 스승도

열심히 찾아보라.

최소한 그런 노력조차 하지도 않은 채
고독하다 어쩌고 푸념하는 사람이란
삶의 길 멀리 벗어나 스스로 방황하는
허깨비일 뿐.

사람보다 책이 한없이 많아진 세상일수록
책을 제대로 알아보는 안목이란
그 얼마나 희귀한 것인가!

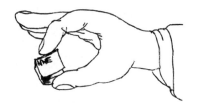

책벌레의 노래

어느 개다리당의 뇌물 차떼기처럼
엄청나게, 그것도 날마다, 쏟아져 나오는
신간서적들, 그래, 요즘 새 책들은
왠지 돈 구린내가 너무 심해 구역질난다.

작가나 출판사야 원래 그렇다고 쳐도,
공정과 진실을 내세우는, 내세워야 마땅할
평론가들도, 문학기자들마저도
돈 구린내에 찌들어 코가 막히고
눈까지도 멀었다면,
짜고 치는 고스톱은 한없이 추하기만 하다.

푹푹 썩어 문드러진 종이돈의 악취
하늘과 땅을 뒤흔들어대는 이 시대!

그러면, 바로 그러니까,
요즈음 새 책들은 맛이 없다.
영양가 따위는 물론 말할 것도 없이!

맛 좋고 영양이 풍부한 책이란
어디서나 어느 시대나 가물에 콩 나기 식.
하지만 그런 책을 먹고 싶다 마음껏!
피가 되고 살이 되는 책,
셋이 먹다가 셋 다 죽어도 여한 없는 책,
너무나도 날마다 그리운 그런 책!

그래서, 바로 그러니까,
책벌레는 오늘도 헌책방으로 기어든다.
역시 고전이 제일 맛있다!
언제나 영양가도 변함없이 최고!

하지만 이제는 헌책방마저 거의 사라졌다.
한여름 뙤약볕 피할 그늘
책벌레는 찾아가 지친 다리 쉴 수도 없다.

천만 명 이상 바퀴벌레인 양 우글거리는 대도시
아무리 수백 층 빌딩 숲 자랑한다 해도,
그건 썩은 종이돈 악취만 진동하는 원시림,
또는 불감증과 불임증, 허위광고와 불신의 바다.
아니면, 아멘! 할렐루야! 나무아미타불! 옴!
결국은 케 세라 세라!

조기 유학

서해에서 놀던 조기 태평양으로 유학 갔는데,
(아무렴, 잘 했군. 잘 했고말고.)
그런다고 해서 조기가 고래 되나?
동해에서 놀던 멸치도 조기 뒤를 따라
줄줄이 태평양으로 유학을 떠났는데,
(얼씨구 잘 한다. 잘 하고말고.)

결국에는 고래 밥이 되고야 말았다.
조기인들 상어 밥이 안 될 리가 있나?
태평양이 바다라면 동해도 바다,
서해인들 바닷물이 뭐가 어찌 다른가?

조기는 조기답게 커야 조기 맛이 나고,
멸치는 멸치답게 커야 멸치 맛이 제법.
조기도 고래도 아닌 것은 무슨 맛이 나나?
멸치도 상어도 아닌 것은 어디에 쓰나?

그런 괴물들이 놀아야 할 물은 또 어디 있나?
조기도 가고 멸치도 가 버린 뒤 남은 것은

고작 유학일 뿐인가?
그렇지만 유학도 유학 나름이지,
자기가 놀던 바다 물맛도 모르는 주제에!

개똥철학

혼자 살아도 문제,
둘이 같이 살면 더 문제.
손오공도 아닌 것이 어느 날
허공에서 얻은 목숨,
바로 그것이 원래부터 문제.

개똥철학이……
그래, 그것도 철학은 철학.
개똥도 약에 쓰려면 없다 하니,
골치 아픈 철학이지.

그래도,
사는 게 재미있잖아요?
그래도 사는 게,
재미있잖아요!
신림시장 아줌마는 웃으면서 말하지.

그래요.
그것도 철학은 철학.
개똥같은 경험철학,
현실철학이겠지요!

진짜 머리가 제일 좋은 사람

일류 고, 일류 대학 나왔다고 해서
반드시 모두 천재일 리야!
박사 학위 하나 아니라 열 개쯤 땄다고 해서
반드시 그게 천재의 보증수표일 리야!
유구한 역사, 아니, 오늘의 현실을 보면,
오히려 그 중에 미친놈이 엄청 많을 줄이야!

하지만 지극히 너그럽게 봐줘서
네 머리가 비상히 우수하다고 치자.
그래, 넌 확실히 잘난 놈이지.
으스대며 거리 활보할 자격 충분하겠지.
국회의원, 총리, 대통령 따위 얼마든지 되겠지.

그런데 그 나이에 여태껏 뭐를 했지?
그 좋은 머리 굴려 잔꾀나 부리지 않았어?
잘 해 먹고, 배 두드리며 잘 살았겠지.
명성도 재산도 남부럽지 않으니
그만하면 됐지.

하지만 혹시 오늘이 너의 마지막 날은 아닐까 몰라.
누구에게나 닥치는 그 날, 누가 알겠어?
아무리 머리가 좋은들 면할 길이 어디 있겠어?
인생이란 결국 고작해야 그런 거 아니겠어?

그러니까 평소에 항상 준비해두라고 했잖아.
준비된 사람만이
진짜 머리가 제일 좋은 거잖아!

흔적 없이 사라진 모교

고등학교 졸업할 때까지 우리는 대개
십리 이십 리쯤은 걸어서 통학했지.
시골이나 서울이나 그게 그거였지 아마.
서울에는 일제 잔재인 전차가 다녔으니까.
냉냉냉냉 종소리 울리는 냉냉이 전차.
댕댕댕댕 하고 들리면 댕댕이 전차.

촌놈 소리 많이 들었지,
시골에서 상경한 하숙생이니.
영하 이십 도 겨울날 아침
온돌방 윗목 대야 물도 얼었지.
얇은 창호지가 삭풍을 어찌 대적하겠어?
그때 세수는 어떻게 했는지
이제는 기억마저 희미해져 알 수가 없지.

우리가 다니던 대학, 그러니까 모교는
서울 변두리 산 밑으로 이사를 갔지.
사실은, 강제로 쫓겨 나갔지.
반정부 데모가 하도 심해서

권력자 눈에 가시, 괘씸죄 탓이었지.
옛 교정에는 흔적조차 남지 않았어.

입학 오십 주년 기념이랍시고 방문해봤자
기념이든 추억이든 개나발이든
아무것도 없지 이제는.
고작 남은 것이라고는
우리 머리에 내린 서릿발뿐.
세월은 청산유수로 흘러가 버리고
잘난 자들 무더기로 아우성치는 세상이지.

허허허허!
그래, 웃자!
배를 움켜쥐고 실컷 웃어나 보자!

고물장수와 헌책

낙성대역 헌책방 앞 댐프 트럭
더럽기 짝이 없는 헌책 더미 뒤지며
팔릴 만한 것들 건져내는 서점주인
면장갑이 새카맣다.

그나마 어느 정도는 사줘야만
고물장수도 먹고 살지요.
헌책방에서도 팔다 팔다 안 팔리면
쓰레기로 버림받을 헌책들의 운명.

고물장수 차가 떠난다.
선별에서 누락된 산더미 책들이야
영락없이 폐지로 처분되겠지.
저자들은 대개 수십 년 전에 이미 고인,
아무도 서러워할 리가 없지.

하지만 이 넓은 세상 천지에,
탐사위성이 목성에도 도달하는 21세기에
헌책 단 한 권인들 알뜰히 보살펴 줄 곳 없이

사람들은 이다지 인색하기만 한가?

흥청망청 먹고 마시고 놀다가
지쳐서 병들거나
고작 늙어서 결국 사라지는 인생
꼭 그렇게 살아야만 속이 시원한가?

휴지가 된 이력서들

과거를 봤자 낙방이야 뻔할 뻔 자라,
그래서 음서제도, 아니, 뒷구멍 통과라는
하이테크 고무줄이 시장에 나왔지.
왕조 시대였으니까!

그놈의 물건
불티나게 대대로 잘도 팔렸지.
이놈 저년 돌아가며 떵떵거렸지.
그러다 결국 왕조마저 폭싹 망했지.

시험에는 턱걸이도 어림없는 주제라,
그래서 이력서니 면접이니
뻔지르르 짜고 치는 고스톱,
하이테크 이심전심이란 요물이 나왔지.
평등, 공정, 민주주의 시대라면서!

그놈의 물건
불티나게 대대로 잘도 팔리지.
이놈 저년 돌아가며 떵떵거리지.

결국에는 콩 심은 데 콩 나니
이 집 저 집 모조리 거덜나고야 말지.

동서남북 어디냐 물을 것도 없지.
대륙이냐 섬이냐 가릴 건 뭐냐?
좌냐 우냐, 보수 진보, 잠꼬대는 닥쳐라.
가짜 인격이란 일단 몽둥이만 잡고나면
힘으로 목을 조르고
돈으로 입을 틀어막는 세상 아닌가!

그래, 세상이란 원래 그런 거라 쳐도
10년 20년 피땀에 불면으로 공들인,
무수한 청춘의 인생 이력서가
이토록 뻔뻔하게, 무참히 허무하게
휴지가 된 적이 있는가?

이판사판 어차피 개판이라,
짓밟힌들 이력서들은 기죽을 리 없지.
정당한 분노로 똘똘 뭉치고
공동 운명으로 굳게 손에 손 잡고
곧 무수한 횃불로 일어서지 않겠는가!

십 년 공부 도로아미타불

철들고 나서도 십 년은 공부해야만
세상만사에 실눈을 겨우 뜰까 말까.
어느 길이든 또 십 년은 공부해야만
밥그릇 하나 간신히 챙길까 말까.

수천 년 수만 년 유사 이래
대륙이든 대양이든 살아남기 위해서는
미세먼지 언제나 하늘 끝까지.
그래서 바로 이 풍진세상 아닌가!

십 년 공부에 단 하나 목을 매고
밥그릇 하나에 가녀린 운명을 건 채
누구나 예외 없이 터벅터벅 걸어가는
인생 길. 언제나 그저 그렇고 그런 길.

그런데 말이지.
아침에 심어서 저녁에 추수하겠다며
볍씨를 삶아서 파종하는 자들은 뭔가?
미세먼지 깡그리 없애버리겠다며

남들이 잘 깔아놓은 전국의 아스팔트 길
불도저로 모조리 파헤치는 자들은 뭔가?

십 년 공부 도로아미타불!
아니, 십 년 공부 아예 하지도 않은 주제에
남들이 피땀과 눈물로 쌓은 십 년 공부마저
도로아미타불 허물기나 일삼다니!

도대체 그 무슨 심보인가?
하늘은 과연 굽어보고 있는가?
마냥 무심히 구경만 할 작정인가?
아, 들판의 풀들만 가련하다니!

물고기 잡는 법

아이들에게 생선은 주지 말고
물고기 잡는 법을 가르쳐라.

네가 언제까지 곁에 있을 것이냐?
낚시질, 그물질 일단 배우고 나면
아이들은 평생 스스로 즐길 것이다.

그러나 하도 게을러 배우지 않는다면,
하도 미련해 배울 수가 없다면,
아니, 하도 영악해 공짜만 바란다면.
돌아서라. 멀리 쫓아버려라.
굶어서 죽든 말든 상관하지 마라!

누가 말했던가,
일하기 싫으면 먹지도 말라고?

신의 자비

나이가 꽤나 든 여인이 다리 절며
가파른 언덕을 올라가고 있다.
폐품 수집하는 간이 카트 끌며
가쁜 숨 몰아쉬며 오르고 있다.

새벽에서 한밤중까지
오늘도
참으로 고단한 하루.

힘겹게 이어가는 여인의 삶이란
과연
이름도 성도 모르는 어떤 사람들
그들의 더 큰 불행을 막는 희생일까?
자기보다 더 고달픈 사람들을 위해 바치는
익명의 기도일까?

신의 자비라니!
무한한 자비라니!
정말 무엇을 의미하는 것일까?

신앙고백도 연극일까?

영원한 사랑의 맹세.
천상의 목소리로 온 누리에 울려 퍼지는
아리아.
무대 위의 명배우들.
스크린의 찬란한 스타들.
맹세처럼 정말 행복하게 살까?

그런 아리아 있는 줄도 모른 채,
그런 맹세 한 적이 없어도
나름대로 만족하며 살아가는 사람들.
이름도 전혀 알려지지 않은 사람들.
얼마나 또 무수히 많을까?

지구는 무대.
거기서 오늘도 여전히 외쳐대는
무수한 사람들의 신앙고백은 무엇일까?

구원이 있다면,
어떤 종류든 상관없이,

과연 몇 명이나 고백한 대로 살다가
각자 바라던 구원을 얻을까?

어쩌면 모든 일생이
어차피 연극이라고 해서
천상의 관객들은 웃어버리고 말까?

오늘도 여전히

석가가 왔다.
해탈! 무욕!
외치고 갔다.
그러나……
고통도 번뇌도 여전하다.

예수가 왔다.
사죄! 사랑!
외치고 갔다.
그러나……
죄악도 증오도 여전하다.

마호멧이 왔다.
오로지 알라!
외치고 갔다.
그러나……
전쟁도 살육도 여전하다.

그들은, 아니, 그들의 진리는
영원히 살아 있다……고 한다.
그래서?
왜 오늘도 여전히
지구별의 유일신은 돈인가?
제후들의 가신은 무기인가?

나는 관용이다

신앙이 인간의 절대적 의무라면
그것은 노예의 무조건 복종일 따름,
무가치한 것이다
인간에게도, 신에게도.

신앙의 방패 뒤에 숨어 비겁하게도
이교도들, 아니, 다른 종파마저도
학살하는 것이 정의라면, 성전이라면
그것이야말로 지옥의 축제,
영원히 저주받아야 마땅하다
인간에게서도, 신에게서도.

참된 신앙이란 각자 자유로운 선택,
그래서 한없이 귀중한 것.
무신앙도 각자 자유로운 선택,
바로 그래서 한없이 불안정한 것.
네가 어느 쪽에 서 있든
저쪽은 평화 속에 내버려 두라.

바로 그것이야말로 인간이 인간다운 길,
아니, 신의 모습으로 승화하는 길이다.
나 이외에 다른 신은 없다.
—나는 관용이다!

신은 과연 위대한가?

신은 위대하다? 천만에!
네가 악 쓰며 외치는 그 신이란
바로 네가 마구 쏘는 총이겠지.
대포, 미사일, 자살용 폭탄이겠지.
무고한 사람들의 목을 마구 자르는
바로 네 칼이겠지.

신은 무능하다.
네 만행을 막지도 못하지 않느냐?
짐승만도 못한 자들이 유사 이래 저지르는
온갖 범죄에 헛 구실이 되지 않느냐?

그럼에도 불구하고, 그래, (불구하고!)
진정한 신은 역시 위대하다.
네가 "위대하다!"고 소리치지 않아도
언제나, 어디서나, 영원히 위대하다.

바로 네 범죄를 잊을 리 없어 정의롭고,
바로 네 어리석음을 가련히 여겨 자비롭고,

바로 네 영혼을 굽어보아 사랑에 넘치니까!
더욱이 네 총칼에 희생된 무죄한 자들의 피가
하늘을 향하여 울부짖는 소리에
언젠가, 곧, 정당한 응답을 보여줄 테니까!

우리는 그렇게 믿는다.
바로 이 현실을 보라!
무수한 선인들의 신앙이 결코 헛되지 않는다는
사실도 명심하라!

그리고 헛된 피의 꿈에서 깨어나라!
너 자신을 위해서, 네 가족을 위해서,
네가 믿는 그 진리를 위해서라도!

가장 아름다운 기도

속세를 버리고 깊은 산중 은둔한다 해서
누구나 다 해탈을 하는가?
예외 없이 모조리 성자가 되는가?

수염을 길게 길러 넓은 마당 쓴다 해서,
도포자락 펄럭이며 옛날 모자 쓴다 해서
누구나 모두 도사가 되는가?
너나없이 무조건 스승이란 말인가?

산적이나 해적보다 더 무서운 것은
감투 쓴 도적이라 하지 않았는가?
사기꾼이나 강도보다 더 해로운 것은
진리를 앞세우는 가짜 예언자가 아닌가?

보리수 아래 아무리 오래 가부좌 튼다 해도
자기 자루에 금화 채울 궁리만 한다면
깨달음이란 천년만년 공염불!

십자가 아래 엎드리든, 거기 매달리든,
오만, 탐욕, 쾌락에 여전히 물든 마음이라면
수만 가지 맹세도 결국은 부도!
그들의 삶은 스스로 구겨서 버린 휴지!

차라리, 대도시 빌딩 숲 그늘에서라도
시원한 바람 한 줄기에도 마냥 즐겁고
맑은 물 한 잔만으로 만족하는 사람이라면
더 이상 무엇이 필요하겠는가?

그의 삶 자체야말로 가장 아름다운 기도,
가장 웅장한 찬미가가 아니겠는가!

의문!

오른손을 들어 세 손가락을 모으든,
허공에 원을 그리든,
두 팔을 활짝 펴고 십자가를 그리든,
그런 동작이 자동적으로 신의 축복을 초래하는가?

그렇게 믿는 것, 그게 진짜 신앙인가?
손을 드는 자들, 그 얼마나 많은가?
무릎 꿇는 자들, 또 얼마나 많은가?

수만, 수백만 살육의 현장에서
수만 년 동안 살과 뼈가 썩는 악취는
과연 인간이 신에게 바치는
참된 향연인가?

신의 대리인이라니!
인간으로 태어난 신이라니!
인류의 구원, 그건 정말 무엇일까?
과연 누가 구원될 수 있을까?
구원이 정말로 있다면!

세상에 존재하는 것은 모두
그렇게 존재하는 까닭이 있게 마련.
그러니까 뭐니 뭐니 해도
신의 축복을 약속하는 사람들도,
그 말을 굳게 믿는 사람들도 모두 지상에서
한 때 살아가는 이유가 있을 것이다!

옳든 그르든,
행복하든 불행하든!

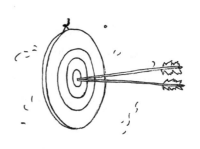

대지의 피

너는 신앙에 목숨을 바친 순교자.
하지만 너를 처형한 그는
충성에 목을 맨 순국자.

너를 찬미하는 무리는 세상이 바뀐 뒤
이단자든 마녀든 무수히 처형했지.
그를 찬미하는 무리는 기회만 오면
반대파든 중도파든 마구 씨를 말렸지.

어느 피든 가림 없이 빨아먹어야만 하는
대지는 얼마나 비참한 어머니인가!
형제들의 선혈 경쟁적으로 바치는 자들이란
그 얼마나 불효가 막심한 자식들인가!

신앙이든 이데올로기든, 천하의 그 무엇이든,
형제들의 피를 대지에 뿌리는 도구,
허울 좋은 깃발이라면, 신의 축복은커녕
저주받아 마땅한 우상일 뿐.

차라리 아무것도 내세우지 마라.
네 목숨을 바치는 것은 자유,
하지만 남의 목숨은 빼앗지 마라.
그것만이 네가 적어도 짐승과는 다른 자,
인간임을 증명하는 유일한 길이 아닌가!

가짜 신들

빗방울 하나 바다에 떨어진다 해서
바다는 그만큼 더 무거워지는가?
바다의 무게라니!

빗방울이 하늘에 떠있든
바다에 떨어지든 지구는 참으로
아무런 관계도 없을까?

떨어지고 싶어서 떨어지는
빗방울이란 단 하나도 없을 텐데
왜 떨어지는가?
해저가, 지구 핵심이 부르는가?
무슨 도움이 된단 말인가!

현자든 성자든 한둘 나타난다 해서
그 시대, 그 장소가 더욱 빛나는가?
그들도 바다에 떨어지는 빗방울일 뿐,
그 이름, 그 형상이란 우상이 아닌가!

오로지 인간만이 만들어 낼 수 있는 우상,
인간의 모습을 벗어날 수 없는 우상이란
가짜 신들,
거울에 비친 인간의 허상들이 아닌가!

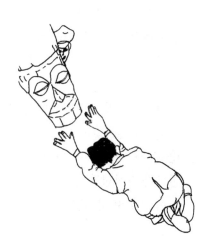

죄만 많은 세상

어차피 죄만 많은 세상인데
정의의 신이 직접 다스린다면
정녕 깨끗해질 수 있을까?
그가 자비를 베풀지 않는다면
방방곡곡 단두대만 즐비하겠지.
자비를 알고도 일부러 외면한다면
구름도 바다도 온통 핏물일 뿐.

하지만 아무리 정의의 신이라 해도
전지전능한 여의봉이 없다면
결국은 빛 좋은 개살구, 허수아비!
여전히 죄만 많은 세상일 뿐.

정의, 자비, 전능의 삼위일체 가운데
지배자의 필수조건으로
단 하나만 선택해야 된다면,
인류가 살아남을 수 있는 길이란
역시 오로지 자비뿐 아니겠는가?

그런데 보라!
정의의 탈을 쓰고 전능만 외치는 자들,
자비의 탈을 쓰고 정의만 외치는 자들,
전능의 탈을 쓰고 때로는 정의,
때로는 자비 제 멋대로 외치는 자들,
그들이 건설한다는 지상낙원을 보라!

사이비 잡신들이 안하무인 득시글대니
진짜 신이 온들 발붙일 데 하나 없는
미세먼지 같은 별, 지구……
어차피 영영 죄만 많은 세상……
기리에 엘레이손!
기리에 엘레이손!

포옹, 키스, 섹스

포옹은 전율,
아무도 참을 수 없다.
전파의 신이다.

키스는 용광로,
너도 나도 모조리 녹여버린다.
성자인들 살인범인들 똑같이
녹아버리고야 만다.
불의 신이다.

섹스는 잠자리,
칠성판보다는 약간 편하다.
죽음의 신이다.

부활을 믿고 바란다면 누구나
일단 블랙홀에 빠져봐야 알지.
하지만 포옹, 키스, 섹스
그 삼위일체의 신은
과연 구원을 보장해 주는가?

그 길이 보이네

오늘도 또
한 친구가 떠나갔네
어디론가 영원히.

철들고 나서 많이도 들어 왔네
누군가 떠났다는 말,
영영 떠나갔다는 말을.

그저 남의 일이거니만 했지
무슨 뜻인지는 사실 몰랐네.
아니, 짐짓 모른 척하며
발버둥 치며 살아온 게 아닐까?

하지만 이제는 훤히 보이네
누구나 예외 없이 걸어가는 길,
언젠가는 나도 걸어가야만 하는
바로 그 길이……

향을 피우며
— 생자필멸(生者必滅)의 아름다움

하염없이 솟아오르는 향연
춤추며 허공에서 사라질 때,
지상의 모진 중력 벗어나
모든 미련 버리고 스스로 흩어지는 연기.
이승 떠나가는 영혼의 마지막 뒷모습일까?

이제 당신을 위해 향을 피울 때,
추억의 탑 사랑의 불길에 휩싸일 때,
어디선가 흘러오는 정다운 목소리……
내 걱정은 하지 마라. 나는 편안하다.
난 조금도 쓸쓸하지 않아.
오히려 너희들이나 너무 외로워하지 마라,
언젠가 다시 만날 터이니.

다시금 향을 피우면
여전히 하염없이 솟아오르는 향연,
하늘하늘 춤추며 사라지는 연기.
이승에 남은 몸들이 토하는 무언의 통곡일까?

다시 만날 그 날이 온다 해도
그 날이 오기까지는 정녕 슬프기만 한 것.
그것이야말로 바로 산 자들의 업보 아닐까?

생자필멸 회자정리(生者必滅 會者定離)……
아무리 수백만 번 염불처럼 중얼거린들
이승의 영영 이별이 어찌 슬프지 않으랴?
아무 소용도 없는 눈물임을 안다 해도
그 눈물 어느 손이 막을 수가 있으랴?

그러나 또 다시 향을 피우면
허공에 맴돌다 사라지는 연기마저 정다워진다.
살아남은 자들에게 손짓하는 연기……
바로 허공이 거울로 변해
거기 비치는 우리 모두의 초상화,
나날이 시나브로 퇴색하다 결국 사라지는 이름들.

사라지는 것은 아름다운 것,
아름답기 때문에 사라지는 것,
이승에서 사라져야만 영원히 아름다워지는 것.
그것이야말로 생자필멸이 던지는
불멸의 아름다움이 아닐까?

악어 눈물

장례행렬은 반드시 길어야만 좋을까?
화환이 복도에 넘친들 무슨 위안이 될까?
국장이든 지구장이든, 아니, 우주장인들
죽은 사람이 다시 일어날까?

갈 때는 소리 없이 가는 것.
가고 나면 조용히 사라지는 것.
기억해 주는 사람 있으면 좋고
없어도 그만 아닌가?

억지로 만드는 행렬.
마지못해 보내는 화환……
악어들이 눈물을 흘린다면
그 눈물은 뜨거울까? 찰까?

비석

사방이 어두울수록 보석은 더욱 빛나는가?
깊이 감추어질수록 그 광채 더욱 강렬하기만 한가?
눈먼 사람들! 그들이 외치는 탐욕의 복음 아닌가!

아무도 쳐다보지 않는 곳이라 해도
홀로 빛나는 비석, 이름 없는 비석.
아무도 기억해주지 않는다 해도
세상의 모든 보석 부끄럽게 만드는 비석.
그 얼마나 많은가 보이지 않는 비석들!

오늘도 무수한 비석이 사방에서 일어서고
내일 무수한 비석이 쓰러질 것이다.
허영과 망각에 부서질 것이다.

익사

한 잔의 물
허파에 차면
천하의 그 누구도 목숨이 위태롭다.

한 잔의 물
어리석은 손이 길에 버리면
천하가 물에 잠긴다.

피할 길도 없는
무수한 사람이 익사한다.
어리석은 손은 물에 불어 터지고
권력은 난파한 유령선.

한 잔의 물
생사의 기로에 꽂힌 지팡이.

한 세상

구름이 가린다 해서
산이 없어지랴?
돌팔매 맞는다 해서
우리 영혼이 사라지랴?
내가 비록 초라해 보인다 해도
편안한 마음으로
한 세상 살다 가면,
아, 그만 아닌가!

혼자 가는 길

혼자 가는 길.
그 누구도 따라갈 리 없고
아무도 데리고 갈 수조차 없는 길.
빈손으로 가는 길.
맨몸으로 걸어가는 길.

등불도 등대도 없이 캄캄한 길.
어디로 뻗은 것인지 알 수도 없고
어디서 무엇이 도사리는지
낭떠러지든 심연이든 예측도 못하는 길.

혼자 가야만 하는 길.
언제까지 걸어가야 하는지도 모르는 길.
어쩌면 영원히 가야만 하는 길.
오로지 이승의 죄악, 아니면, 선행만
영원히 등짐 지고 가야 하는 길.

죄악은 태산보다 무겁고
선행은 깃털보다 가벼울 따름.

혼자 가는 길.
한없이 불행에 우는 영혼.
끝없이 행복에 미소 짓는 영혼.
이것도 저것도 아닌, 시큰둥한 영혼.

누구나 영원히 걸어가는 길.
아무도 다시는 죽을 수도 없는 길.

마지막 숨을 내쉬는 사람들

사락사락 눈이 내린다 길 위에.
사각사각 노래한다 발밑에서.
가로등 불빛 아래 하염없이 춤추는
흰 눈송이 하루살이 떼.

어디선가, 사방 어디서나
이제 마지막 숨을 내쉬는 사람들.

흰 눈송이로 하늘 높이 날아가라.
세상걱정이란 산 사람들의 짐.
모든 것 잊어버리고
새 세상 아름다운 별이 되라.
평소 사랑하던 사람들 머리 속에
깨달음의 빛 비추어주는 별.

사락사락 눈이 내린다 길 위에.
뽀드득뽀드득 노래한다 발밑에서.

마지막 결혼

배드민턴
홀로 칠 수는 없지.
로미오 홀로,
줄리엣 홀로
그건 도저히 이루어질 수가 없지,
천하에 셰익스피어가
수십 억 문득 출현한다 해도.

울며 겨자 먹기 돈 결혼,
체면에 떠밀린 부화뇌동,
잘난 집안 과시하는 다이아몬드 결혼.
결혼 행진곡은 감미롭게 울려 퍼지지만
로미오는 죽은 척하다가 정말 죽고
줄리엣도 멸종하고 말았다.

모두 떠나간 식장에는 빈 바람뿐.
아무도 오지 않는다.
아니, 올 수가 없다
다시는.
그래, 다 떠나버렸으니까!

땅 한 평의 안식

아무리 사상 최대의 피라미드라 해도
파라오 차지는 고작 땅 한 평.
아무리 최고 불가사의 타지마할이라 해도
왕이든 왕비든 누운 자리는 고작 땅 한 평.

그래, 땅 한 평의 안식,
이름 없는 민초가 허허벌판에서 누린들
그들의 안식보다 어찌 못하랴?

폐허의 고도, 도굴 당한 왕릉에서
땅 한 평의 고요함 어찌 기대할 수 있으랴?
무수한 해골로 만리장성을 쌓고
무수한 산과 들을 선혈로 적신 뒤
의기양양 환호 속에 개선한 영웅인들
땅 한 평의 안식이 어찌 보장될 수 있으랴?

사실은 한 평은커녕 반 평도 넉넉하다.
아니, 차라리 한 줄기 연기로 허공에 사라지는 것이
가장 자연스럽고 그래서 가장 멋진 최후가 아니랴?

그런데 어찌하여 수만 년 동안 잠시도 쉬지 않고
인간의 어리석은 짓은 이토록 반복되는가?

보라, 수만 킬로 뻗은 황금 벽돌의 장성을!
보라, 수십만 개의 핵폭탄과 미사일을!
보라, 지구 전체가 공동묘지가 된다 해도
결코 근절될 리 없는,
무한하고 또 무모한 탐욕을!

착한 삶이 곧 찬미가

한 해만 더 살아보자 여기서.
또 한 해만 더,
이어서 자꾸만 또 한 해만 더……
서둘러 간다 해서 뭐가 좋겠나?

한 해가 아니라면 한 달만이라도!
보름, 일주일, 하루,
아니, 한 시간, 단 일 초만이라도 더!
손님이야 어차피 닥치게 마련이니
서둘러 간다고 누가 좋다 하겠나?

황금빛 피라밋 따위야 탐낼 것도 없지.
피비린내 만리장성 따위나 쌓겠다면
그보다 더 어리석고 허망한 짓도 없지.
그거야말로 괜히 서둘러 떠나는 꼴이지.

막아도 기어이 찾아오는 손님이라면
담담한 심정에 조용히 기다리면 그만.
서두른다 해서 좋을 게 하나도 없다면

끝까지 열심히 살아가야만 진짜 멋쟁이.

남 해치는 일이란 엄두조차 내지 않고
착하게 정직하게 성실하게 일만 한다면,
살아 있다는 것 자체가 곧 찬미 아닌가!
생명의 창조주에게 순간마다 바치는
무한하고 또 우렁찬 찬미가가 아닌가!

버려라

빈 그릇이 말한다.
나를 버리지 말고
너를 버려라.
네가 그릇이라면 어디 쓰겠느냐?
네가 악착스레 끌어 모아 담은 것들
그게 도대체 무엇이냐?

고물 자동차가 말한다.
나를 버리지 말고
너를 버려라.
너는 어디로 가는지도 모른 채,
아니, 가는 곳조차 없이 눈마저 감고
그냥 마구 내달리고 있지 않느냐?

병든 지구가 말한다.
더 가지려고 애태우지 말고
가진 것마저 다 버려라.
네게 가까운 것일수록
더욱 빨리 버려라.

네 두 팔로 껴안을 수 있는 것이란
결국 허공 뿐.
네 알몸마저 맡겨라 나에게,
네가 살아 있는 동안, 그리고 사후에도.

9988234의 노래

9988234!
99세까지 팔팔하게 살다가
이삼 일 만에 죽는다.
그야말로 다복한 인생!
그래서 참으로, 유감없이, 다복하다면
죽음 자체도 복이란 말이 아닌가!

죽음이란 어느 경우든 모두 슬픈 것,
언제나 괴로운 것.
정말 그럴까?
그렇게 믿지 않는 사람들의 말은 아닐까?

죽음 앞에는 장사(壯士) 없다고 한다.
죽음 앞에는 장수도 요절도 없다.
9988234!
99세까지 팔팔하게 살려고 발버둥 치다
2,30년 병치레에 걷지도 못하다가 죽는다.
그야말로 사람이 차마 못할 노릇이다!

정말 그럴까?
개똥밭에 굴러도 이승이 낫다고 한다!
죽은 정승보다 산 개가 낫다고 한다!
죽은 자가 아니면
이승의 진미 그 누가 알 수 있는가?

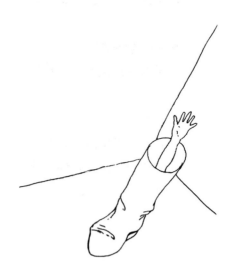

지옥도

지옥도의 무시무시한 악귀들
무엇을 보고 그렸을까?
무엇을 보고 상상해 냈을까?

멀리 갈 것도 없지.
내 곁에도 네 곁에도 흔한 게
멋진 가면 쓴 저명인사들,
인면수심 사악한 무리 아니냐?

지옥도의 악귀들이란
산 사람들의 초상화일 뿐!

천사들?
그것도 하기야 초상화겠지
실물이 너무나 희귀하긴 해도!

Capter 5

굿
모
닝,

커
피
!

홀로 또는 마주 보며, 굿모닝 커피!

아침이야 이 세상 어느 구석인들
날마다 찾아들 수밖에 없지.
그래서 오늘도,
굿모닝, 커피!

커피도 이 세상 무수한 혀끝에
달콤하게도,
씁쓸하게도 스미게 마련이지.
그래서 아침마다,
굿모닝, 커피!

열대의 커피농장 위에도
어김없이 아침 해는 떠오르는데,
눈부신 햇살이란 정녕
자비로운 신의 축복일까?

아니면, 한없이 속절없이 흘러내리는
땀이나 고작 독촉하는
가혹한 신호에 불과할까?

굿모닝, 커피!
커피열매 따는 고사리 손마다
행복이 가득하기를!
굿모닝, 커피!
원두 볶는 알바 주머니도
너나없이 모두 두둑하기를!

남몰래 흘리는 눈물이 사라질 때,
시도 때도 없이 새는 한숨도 그칠 때,
비로소 그 누구나 거리낌 없이,
굿모닝, 커피!

홀로 또는 마주 보며,
누구나 미소하며,
굿모닝, 커피!

시각장애인을 위하여, 굿모닝 커피!

지하철역 만원 계단 조심조심 오르는
안내견에게도,
왼손은 손잡이를, 오른손은 가죽 끈을
꽉 잡은 시각장애 청년에게도,
굿모닝, 커피!

내일 아침에도 역시,
굿모닝, 커피!

모든 것을 볼 수 있다고 해서
모든 것을 보는 것은 결코 아니다.
모든 것을 본다고 해서
그걸로 행복하다는 것도 절대 아니다.

세상에는 보기 싫은 것이 더 많고
보아서는 안 되는 것도 더 많게 마련.
보지 않아야 속이 더 편한 것이란
그 얼마나 부지기수인가!

어느 누구의 몸이든, 귀한 몸이든 아니든,
몸이란 어딘가 불편하게 마련.
모든 구석이 정상이라 해도
언젠가는 장애에 직면하게 마련.
정도의 차이가 있을 뿐,
그런 대로 각자 살아가면 그만 아닌가?

이것저것 마음대로 보면서도
더 지혜롭지는 못한 사람들,
어찌 하나둘 이루 다 헤아리겠는가?
그래도 조금이나마 개선을 기대하며,
내일 아침에도,
굿모닝, 커피!

아무리 보고 싶어도
아무것도 보지 못하는 사람들,
그들에게도 언제나 어디서나,
굿모닝, 커피!
더욱 힘차게!

너무 큰소리치지 마라, 굿모닝 커피!

공든 탑이 무너지랴!
하지만 무수한 탑들 가운데
무너지지 않은 것은 과연 몇인가?

사람의 손이 세운 것이란
사람의 손으로 파괴되게 마련.
온갖 풍상 아무리 오래 견딘다 해도
탑이란 고작해야 돌무더기일 뿐.

멋지게, 높이 솟은 탑들을 위해,
굿모닝, 커피!
그 아름다움, 그 가치 음미할 줄 아는
모든 사람들에게,
굿모닝, 커피!

무너진 탑, 사라진 탑을 향해서도,
굿모닝, 커피!
그런 탑에 온갖 정성, 모든 땀을 바친
장인들과 일꾼들에게도,
굿모닝, 커피!

공든 탑이 무너지랴!
너무 큰소리칠 일 결코 아니다.
완성되고 나면, 오직 겸손하게,
굿모닝, 커피!

흐린 날에도, 굿모닝 커피!

오늘은 흐린 날씨에
무더위도 한풀 꺾인 듯,
굿모닝, 커피!

현관 밖 은행나무에 걸린
온도계는 드디어 무용지물,
실내 에어컨도 과열에 정지.

그래도 잔을 들어,
굿모닝, 커피!

그 동안 맥을 전혀 못 추던
선풍기가 새삼 반가워,
굿모닝, 커피!

제 세상 홀로 만난 듯 활개 치며
씽씽 돌아가는 날개를 향하여,
굿모닝, 커피!

느닷없이 닥치는 정전 사태에
선풍기마저 멈추면
믿을 것이라고는 부채,
그리고 마지막 남은 인내뿐.

그러니까 흐린 날에도 웃으며,
굿모닝, 커피!

가로등에게, 굿모닝 커피!

밤길에는 더할 나위 없이 고맙지만
날이 밝으면 거들떠보는 사람도 없다.
가로등,
제각기 적절한 자리에서
우뚝 서 있는 가로등.

진흙탕, 맨홀, 골목 끝 밝혀주느라
밤새 고생한 가로등에게
아침마다 감사하는 마음으로,
굿모닝, 커피!

CCTV가 마음에 걸리는 자라면
반드시 어딘가 수상하다.

그런 자일수록 가로등을 발로 찬다.
쇠구슬을 새총으로 쏘아 깨어버린다.
불도저로 밀어 쓰러뜨린다.
멀쩡한 발전소도 아예 문을 닫아 버린다.

그런 짓 하다가 어떤 자는 쇠고랑 차고
어떤 자는 목을 매단다.
한강 물에도 풍덩!
돈 가방 움켜쥐고 해외로 줄행랑!

시골 절벽은 낙화암이나 된 듯
성지 순례자들로 인산인해라니!
그런 주제에 언제나 법을 내세운다.
법대로 하자! 하하하하!

사람답게 살지 않은 자들을 위해서도,
굿모닝, 커피!
반면교사 하느라 수고가 많기도 하니!
어느 시대나 어느 대륙에서나 반복되는
그들의 말로를 향하여도,
굿모닝, 커피!

높이가 천차만별인 가로등,
굵기도 하나같이 서로 다른 가로등,
그러나 밤마다 자기 자리에서 말없이
위험한 길 밝혀주는 가로등,
모든 가로등에게 날마다 감사하며,
굿모닝, 커피!

상식을 위하여, 굿모닝 커피!

숨기면 숨길수록 더욱 비열할 뿐,
결국에는 숨길 길도 없는 것이란
자화자찬의 마각 아닌가?

남의 주머니나 탈탈 털어
자선사업가인 척, 성자인 척 행세하는
수많은 사기꾼, 선동가, 도둑, 강도,
결국에는 역적들!
아무리 개나발을 찢고 까불어도
빤히 드러나고야 마는
그 엉큼한 마각!

탐욕의 마각 수시로 싹뚝싹뚝 자르는,
시퍼런 작두 날 같은
무수한 투표용지를 향하여,
굿모닝, 커피!

군중심리, 인정, 지연, 학연 등등에도
휘둘리지 않은 채,

가짜 뉴스에도 속지 않은 채,
오로지 양심껏 투표할 따름인 사람들,
진짜 똑똑하고 무서운 사람들,
그들의 건전한 상식을 위하여,
굿모닝, 커피!

상식을 벗어버린 민심이란 광기 아닌가?
광기를 막무가내로 부추기는 약속이란
독약 중에도 가장 확실한 극약이 아닌가?
어느 쪽이든 결국에는 자멸의 길!

우리 모두 끝까지 살아남기 위하여
오늘도 슬기롭게,
굿모닝, 커피!

힘들 때마다, 굿모닝 커피!

아, 힘들다! 힘들어 죽겠어!
바로 그때야말로,
굿모닝, 커피!

아무리 죽을 지경이라 해도
곰곰 생각이야 해봐야 알지,
아직 목숨이 붙어 있는 한,
끝까지.

한 세상 살아가기란 원래
힘들게 마련이지 누구나.
하지만, 굿모닝, 커피!

즐거움도 제대로, 마음껏 멋지게,
복되게 언제까지나 누리기란
힘든 일이지.

슬픔을 초연히 견디어 내기란
그보다 더욱 고된 일이지.
그리고 그 뿐이니,
굿모닝, 커피!

태어나기는 사실 힘든 일,
낳기는 더욱 고된 일이지만,
그게 정말 그렇고 그래서 그 뿐일까?

죽기도 사실 힘든 일이지.
죽이기는 그보다 더욱 고된 일.
그러나 참으로 그 뿐일까?

누구나 힘들지, 언제나, 어디서나.
그래도, 굿모닝, 커피!
아침마다 찾아오는 새로운 하루.
그러니 언제나 과감하게,
미소하며,
굿모닝, 커피!

처음 만났을 때, 굿모닝 커피!

처음 만났을 때, 들었던가?
굿모닝, 커피!
그러고 나면, 자기도 모르게
문득 온 세상이 사라지는 소리도
들었던가?

오로지 한 사람만이
온 세상을 차지하는 그 소리도
정녕 똑똑히 들었던가?

사랑이란 영원한 수수께끼,
어느 AI도 풀 수 없는 암호.

다가갈수록 더욱 멀어지는가 하면
달아날수록 더욱 세차게 추격해 오는,
한 점 흰 구름 같은,
담배 연기 같은,
역설의 전능한 힘.

처음 만났을 때에는 누구나
모든 것을 보아도
아무것도 못 보는 눈에,
모든 것을 들어도
아무것도 못 듣는 귀에
스스로 황홀해진 천치일 뿐.

하지만 그 힘을 느끼는 한
그 얼마나 아름다운 것인가,
처음 만났을 때란!

그러나 그 순간을 기억할 때마다,
굿모닝, 커피!
이미 허공에 사라졌다 해도
그 날의 추억만이라도 위하여,
굿모닝, 커피!

믿는 도끼에도, 굿모닝 커피!

믿는 도끼에 발등을 찍혀도,
굿모닝, 커피!
그럴 때일수록 더욱 차분하게,
굿모닝, 커피!

도끼는 우연히 떨어질 수도 있지.
네 실수로 내려칠 때도 있을 테지.
그러니 무조건 원망만 말고
우선, 굿모닝, 커피!

일부러 네 발등을 겨냥했다 해도
때로는 도끼가 빗나갈 수도 있지.
악의 품은 자가
오히려 자기 발등 찍기도 하지.
그렇다고 기뻐할 것도 없지만
하여간, 굿모닝, 커피!

잘 쓰면 한없이 유용한 도구,
잘못 다루면 목숨마저 위태로운 것,
그게 어찌 도끼뿐이겠는가?
돈도 권세도, 사랑도 명성도,
누구나 탐내는 것이란 모두 그런 것!

발등에 강철판 대고 나서,
굿모닝, 커피!
아예 발등조차 찍히지 않도록
언제나 조심하며,
굿모닝, 커피!

꼴 보기가 역겨워도, 굿모닝 커피!

꼴 보기가 역겨워도 그럴 때마다
그 사람을 향하여,
굿모닝, 커피!
너 자신을 위해서라도 다시금,
굿모닝, 커피!

정나미가 뚝 떨어져 등을 돌리는가?
그 사람을 향해서도,
굿모닝, 커피!
그거야말로 가장 멋지게
너 자신을 보살피는 유일한 길,
굿모닝, 커피!

매달린들 돌아설 발길이 아니라면
애걸한들 함께 쌓을 탑도 없겠지.
한없이 안타깝겠지만 그래도,
굿모닝, 커피!
더없이 아쉽겠지만 말없이,
굿모닝, 커피!

만났다고 해서 모두 잘된 일일까?
헤어진다 해서 모두 잘못일까?
이리저리 곰곰 생각을 씹으며,
굿모닝, 커피!
다가오는 무수한 날들을 향하여,
굿모닝, 커피!

행복한 순간, 굿모닝 커피!

산다는 게 원래 쉽지는 않아.
처음부터 끝까지 힘들어.
아주, 아주, 또 아주, 정말 힘들어.
때로는 눈앞이 캄캄해지기도 해.

하지만 그럴수록 더욱
눈 딱 감고,
굿모닝, 커피!

의기양양, 큰소리 탕탕 친다 한들
고작 메뚜기 한 철 밖에 더 하겠어?
사방 천 리가 자기 땅이라 선을 그은들
흙 한 줌도 자기 게 될 수 없는 말로!

그러니 허허허허 또는 우하하하
마음껏 웃으며,
굿모닝, 커피!

Carpe diem*!

오늘을 잡아라!
남들 사는 거 따위
조금도 부러워할 거 없어.

커피 한 잔이나마 마음 놓고
즐길 수 있는 바로 그때야말로
인생에서 가장 행복한 순간이야.
아니, 인생이란 원래 그런 거야.

그러니까 아무 유감없이,
굿모닝, 커피!
멋지게, 굿모닝, 커피!

주: Carpe diem(까르뻬 디엠)은 "오늘을 잡아라"라는 뜻의
　　라틴어 격언

폐품수집 노인에게, 굿모닝 커피!

하루치 신문에 담긴
인류의 희로애락이란 고작해야
태평양에 비 한 방울일 뿐.
그래도 아침신문 배달될 때마다,
굿모닝, 커피!

일주일치 신문지 담은
검은 비닐봉지
폐품수집 노인에게 건네준다.
손바닥만한 빵
한 개 값도 되지는 못할 테지.

아무리 힘이 들어도,
남들이 하찮게, 천하게 여기는 일이나마
부지런히 사지 움직여 계속하는
노인을 향하여, 굿모닝, 커피!

백발이 성성한 머리
꾸벅꾸벅, 고맙다고 말하는데,

키는 내 키의 절반가량이지만
착하게 보이는 얼굴에 그 미소는
오히려 내 키를 두 배나 줄여 버린다.

굿모닝, 커피! 굿모닝, 커피!
낡은 겨울 파카도 건네주긴 했어도
엇비슷한 또래 노인의 뒷모습에 비추어
나의 황혼은 과연 더 멋진 것일까?

폐지수집에 비해
돈, 정보, 지위, 명예 따위 수집이
정말 그토록 더 대단하고 잘난 일일까?

기이하고 신묘한 심경에 젖어
다시금 한 잔,
굿모닝, 커피!

진실한 친구, 굿모닝 커피!

친구란 좋은 거야.
아무렴, 좋고말고!
더불어 언제든지 유쾌하게 한 잔,
굿모닝, 커피!

억수로 비가 퍼붓는 오후에도,
눈보라 몰아치는 밤에도
언제나 어디서나 선뜻 만나주는 친구란
참으로 좋은 거야.
아무렴, 좋고말고!

따끈따끈한 잔을 들어
그런 친구 마냥 그리워하며,
굿모닝, 커피!

하지만 친구라고 해서 모두 철석같이
신의도 지키고 무조건 상부상조할까?
커피친구 담배친구 술친구 게임친구 등등등
수많은 친구들, 과연 몇이나 진짜일까?

느닷없이 그런 의문이 떠오를 때마다
변함없는 우정은 있다고 믿자.
눈앞이 캄캄, 등골이 서늘하다 해도,
굿모닝, 커피!

남이 진실한 친구이기를 바라기보다 차라리
내가 진실한 친구 되어주기로 다짐하자.
날마다 반성에, 더욱 노력하며,
굿모닝, 커피!

민심이 천심, 굿모닝 커피!

기온은 영하 10도 12도 15도.
올라가는 것이 아니라
자꾸만 내려가기만 한다지.

난방은커녕
끼니 때울 돈조차 막막하다지.
근심은 백두산 한라산보다
더 높이 쌓이기만 한다지.

그래도 밝아오는 동녘 하늘 향해
간절한 기원 가슴속에 태우며,
굿모닝, 커피!

산 입에 거미줄 치랴!
잠자리에서 벌떡 일어나
굳은 신념으로, 굿모닝, 커피!

소곤소곤 들릴듯 말듯 해도
속담을 두려워하라!

속담이 속담으로 살아있는 까닭은
민심이 천심이기 때문!
굿모닝, 커피!

첫사랑, 굿모닝 커피!

첫사랑에 눈이 멀었을 때는 누구나
세상에서 가장 행복한 듯 보인다네.
마지막 숨이 넘어갈 때까지
마냥 눈이 멀어 있기만 해준다면
과연 더할 나위 없는 행운이라 할까?

아, 천차만별 모든 첫사랑을 위하여,
굿모닝, 커피!
어디서나 모든 이의 행운을 기원하며,
굿모닝, 커피!

첫사랑의 입김이 살짝 스치기만 해도
호박꽃은 장미로, 모란으로 둔갑한다네.
그러니 온갖 마법의 첫사랑을 향하여,
굿모닝, 커피!
아직 눈멀지 않은 모든 이를 위해서도,
굿모닝, 커피!

하지만 첫사랑이란 얼마나 치명적인가!
먼눈에서 비늘이 채 벗겨지기도 전에
얼마나 헤아릴 수도 없이 많은 목숨이
광대한 초원 풀잎에 이슬이 되었던가!

첫사랑이 정녕 열광할 것도 없고
정직, 진실, 선한 것도 아니라면,
끝내 마각 드러날 신기루일 뿐이라면,
차라리 한시 바삐 사라지기나 할 것을!

첫사랑에 먼 눈이 어느 날 번쩍 뜨이면,
비록 추한 세상 고스란히 보인다 해도,
이제 비로소 사랑다운 사랑 마음껏 누릴
자격을 당당하게 얻은 것이 아닌가?

그런 의미에서 축하 또 축하하며,
굿모닝, 커피!
첫사랑은 가고 추억만 남는다 해도
잔잔한 미소 언제나 머금은 채,
굿모닝, 커피!

나름대로 만족, 굿모닝 커피!

몸에 병이 들면 안 아플 리 있는가?
시시각각 고통이지.
하지만 병이란 병 그놈의 종류가
왜 그리 많기도 많은지……
의술이 발달할수록 줄기는커녕
오히려 날마다 더욱 늘기만 하다니!

어쩌면 우리가 상상조차 하기도 어려운
신종, 최신종, 수퍼, 최신 초수퍼 바이러스가
저 캄캄한 우주 공간에 도사리고 있을지
도대체 누가 알 수 있겠는가?

그러니 몸 하나 어딘가 아픈 데만 없다면
세상에 남부러울 게 뭐란 말인가?
만족의 미소로,
굿모닝, 커피!

하늘에 땅에 감사의 절을 드리며,
굿모닝, 커피!

비록 어딘가 한두 군데 아프다 해서
기죽거나 절망할 건 또 뭐란 말인가?
누구나 자기도 자기를 잘 몰라 그렇지,
어느 한 구석 조금도 허술하지 않은
몸이라는 게 세상에 어디 있겠는가?

그러니 역시 각자 나름대로 만족하며,
굿모닝, 커피!
공짜로 받은 생명 아직도 누리는 동안
하늘에 땅에 찬미의 휘파람 불며,
굿모닝, 커피!

골치 아픈 세상, 굿모닝 커피!

골치 아픈 일 참으로 많기도 해라.
세상이란 원래 그런 게야.
백만 년 전인들 우주 시대인들
사람이란 본성이야 변할 리가 있나?

실망할 것도 없으니 조용히,
굿모닝, 커피!
절망하면 자기만 바보 천치니
가볍게, 굿모닝, 커피!

목구멍이 포도청이라 날마다
골치란 안 아플 리도 없지.
밥그릇도 하나뿐이라 눈만 뜨면
아귀다툼 너 죽고 나 살자 이거야.

드넓은 바다 한 구비 또 한 구비 파도가
끊임없이 밀고 밀려 이어지지만
결국 모래톱에서 차례로 사라지고 말지.
그게 바로 세대교체에 역사라는 거야.

최고봉에 이르면 반드시 부서지는 파도,
굿모닝, 커피!
바닷가 바람에 흔들리는 무수한 잡초,
굿모닝, 커피!

이동진 작가 연보

1945년   황해도 신천군 남부면 비봉리 출생

1948년   서울 거주(영등포구 상도동)

1950년   대구 거주(대명동 피난민촌)

1952년   대구 복명초등학교 입학

1955년   서울 강남초등학교 전학(상도동)

1961년   경기중학교 졸업(2월)
　　　　시 〈나는 바다로 가지 않을 테야〉 발표(2월, 교지 "경기" 제2호)

1964년   성신고등학교 (小신학교) 졸업

1964년   가톨릭대학 (신학교) 철학과 입학

1965년   성균관대학교 영문과 2학년 편입

1966년   서울대 법과대학 법학과 입학
　　　　시 〈'앙젤루우즈'를 울리라는〉 발표, 서울대 교지 大學新聞 (8.29.)
　　　　시 〈갈색 어항 속의 의식〉 발표, 대학신문(11.7)

1967년   단편소설 〈위선자, 그 이야기〉 발표(10월, 법대 교지 Fides)
　　　　시 〈10월의 대자–광시곡 1〉 발표, 대학신문(10.2.)

1968년   단편소설 〈최후 법정〉 발표(2월, Fides)
　　　　학훈단 (R.O.T.C.) 간부 후보생(3월)
　　　　『가톨릭시보』 현상문예작품모집 시 당선(10월)

1969년   시 〈韓의 숲〉 발표(현대문학 5월호)
　　　　제2회 외무고시 합격(6월)
　　　　학훈단 (R.O.T.C.) 간부 후보생, 폐결핵으로 제적(8월)
　　　　외무부 근무 개시 (9월, 외무사무관)
　　　　시 〈눈물〉 발표, 대학신문(6.2.)
　　　　시 〈지혜의 뜰〉 발표, 대학신문(9.1.)
　　　　시 〈비극의 낙엽을 쓸어내는 시간〉, 대학신문(12.15.)
　　　　제1 시집 《韓의 숲》 발간(12월, 지학사)

1970년   〈현대문학〉 시 추천 3회 완료로 등단(2월, 추천위원 박두진)

서울대 법과대학 법학과 졸업(2월)
서울대 경영대학원 입학(3월)
월간 상아(象牙) 창간, 편집장(6월, 발행인: 나상조 신부)

1971년 월간 상아 폐간(2월, 발행인이 교회 내부 사정으로 사퇴)
극단 〈상설무대〉 창단, 극단 대표(3월)
제2 시집 《쌀의 문화》 발간(5월, 삼애사)
희곡 〈베라크루스〉 공연 (6월, 극단 상설무대, 혜화동 소재 가톨릭학생회관)
희곡 〈써머스쿨〉 공연(11월, 극단 상설무대, 가톨릭학생회관)

1972년 주일대사관 근무(2등서기관, 영사)
희곡 〈금관의 예수〉 공연(2월~3월, 극단 상설무대)
– 서강대학교 캠퍼스 야외 초연(2월), 서울 드라마센터 공연 이후
1개월간 전국 순회공연 실시
– 관련 기사 : 가톨릭시보(3.12.), "풍자극 금관의 예수, 위선적
그리스도인을 질책", 유치진 연극평 "간결해도 깊은 우수작,
격하돼가는 교회 신랄히 비판"
극단 〈상설무대〉 해산(12월)

1976년 외무부 아주국 동북아1과 근무(2월, 외무서기관)
장편소설 《그림자만 풍경화》 출간(11월, 세종출판공사)

1977년 희곡집 《독신자 아파트》 출간(3월, 세종출판공사)
희곡 〈카인의 빵〉 공연(6월, 충남대 한밭극회)
희곡 〈독신자 아파트〉 공연(12월, 강원대 극단 영그리 26)

1978년 외무부 법무담당관(3월), 행정관리담당관(9월)
제3 시집 《우리 겨울 길》 출간(3월, 신서각)
번역 《나를 찾아서》 출간(9월, 웨인 W. 다이어, 자유문학사)
번역 《버찌로 가득 찬 세상》 출간(12월, 에마 봄베크, 자유문학사)
기증: 극단 "연우무대"에 연극관련 외국어 서적 200여권 기증(12월)

1979년 번역 《미래의 확신》 출간(1월, 허먼 칸, 자유문학사)
제4 시집 《뒤집어 입을 수도 없는 영혼》 출간(1월, 자유문학사)
희곡 〈자고 니러 우는 새야〉 발표 (1월, 심상사, 별책 부록)
인터뷰, 경향신문(1.10.), "시집, 희곡집, 번역서 등 출간"
희곡 〈배비장 알비장〉 공연 (3월~4월, 극단 민예, 이대 앞 민예극장)
인터뷰: 일간 스포츠(4.21.), 선데이 서울(5.6.)
희곡집 《당신은 천사가 아냐》 출간(3월, 심상사)
희곡집 《참 특이한 환자》 출간(3월, 심상사)
주이탈리아 대사관 근무 (4월, 참사관)
번역 《왜 사는가 왜 죽는가》 출간(9월, 존 포우웰, 자유문학사)

1980년	제5 시집 《꿈과 희망 사이》 출간(5월, 심상사)
	번역 《하느님, 오, 하느님》 출간(8월, 죤 포우웰, 지유문학사)
1981년	이탈리아어로 번역된 시 5편 특집 게재(문학 및 정치평론 월간지 L'Osservatore Politico Letterario, 1월호)
	– 관련 기사: 한국일보 및 일간스포츠(2.27.); 서울신문 및 경향신문(3.3.); 조선일보(3.5.); 문학사상 4월호
	제6 시집 《Sunshines on Peninsula》 출간(3월, Pioneer Publishing Co., LA)
	번역 《왜 사랑하기를 두려워하는가》 출간(4월, 죤 포우웰, 자유문학사)
	국제극예술협회(I.T.I.) 마드리드 총회, 한국대표단 참가(6월)
	이탈리아 시인 쥬세페 롱고(Giuseppe Longo)의 시 5편 번역 발표 (심상, 7월호)
	기행문집 《천사가 그대를 낙원으로》 출간(이탈리아 및 유럽 기행문집, 9월, 우신사)
	주바레인 대사관 근무 (9월, 참사관)
	개인 영어 시화전 개최 (10월, 장소: 로마 Galleria Astrolabio Arte)
1982년	인터뷰 : 바레인 영어일간지 Gulf Daily News(6.2.), 영역 시 3편 게재
	번역 《악마의 사전》 출간(9월, 앰브로즈 비어스, 우신사)
	번역 《교황님의 구두》 출간(11월, 모리스 웨스트, 우신사)
	바레인 시인 이브라힘 알 아라예드(Ibrahim Al Arrayed) 대사의 詩論 "컴뮤니케이숀의 단계, 시인과 수학자" 번역 발표(심상, 11월호)
1983년	사우디 아라비아 시인 가지 알고사이비(Ghazi A.Algosaibi) 대사의 시집 "동방과 사막으로부터" 번역 발표(심상, 4월호.)
	번역 《악마의 변호인》 출간(6월, 모리스 웨스트, 우신사)
	제7 시집 《신들린 세월》 출간(7월, 우신사)
1984년	단편소설 〈자유의 대가(代價)〉 발표(주부생활, 3월호)
	희곡 〈배비장 알비장〉 공연(12월, 극단 노라)
1985년	제8 시집 《Agony with Pride》 출간(1월, Al Hilal Middle East Co.Ltd., Cyprus)
	– 관련 기사: 코리아 헤랄드(2.20.), 코리아 타임즈(2.26.)
	인터뷰: 경향신문(3.15.), 조선일보(3.19.)
	단편소설 〈허망한 매듭〉 발표(소설문학, 2월호)
	단편소설집 《로마에서 띄운 작은 풍선》 출간(5월, 자유문학사)
	– 관련 서평: 주간 조선(10.13.)
	사진집 〈Rhapsody in Nature〉에 영역 시 10편 발표(9월, 서울국제출판사)
	인터뷰: 소설문학(10월호), "외교관 작가"

번역 《예수님의 광고술》 출간(11월, 브루스 바톤, 우신사)

1986년   번역 《매디슨카운티의 추억》 출간(2월, 제이나 세인트 제임스, 문학수첩)
번역 《장미의 이름으로》 출간(3월, 움베르토 에코, 우신사, 국내 최초 번역)
하버드대 국제문제연구소 연구원(Fellow), 외무부 파견 연수(6월)
제9 시집 《이동진 대표시 선집》 출간(8월, 동산출판사)
제10 시집 《마음은 강물》 출간(8월, 동산출판사)
제8 시집 《Agony with Pride》 국내 출간(8월, 서울국제출판사)
번역 《이탈리아 민화집》 출간(10월, 이탈로 칼비노, 샘터사)
번역 《덴마크 민화집》 출간(12월, 스벤트 그룬트비히, 샘터사)
번역 《하느님의 어릿광대》 출간(12월, 모리스 웨스트, 삼신각)

1987년   뉴질랜드 시인 루이스 존슨(Louis Johnson) 의 시 5편 및 미국 여시인
패트리셔 핑켈(Patrisia Garfingkel)의 시 7편 번역 발표(심상, 2월호)
주네덜란드 대사관 근무(6월, 참사관)
희곡 번역: 빌 C.데이비스 작, 매스 어필(Mass Appeal), 극단 바탕골
창단기념 공연(9월)

1988년   번역 《아버지에게, 아들에게》 출간(5월, 엘모 줌발트 2세, 삼신각)
인터뷰: 네덜란드 격월간지 Driemaster(5월호)
제11 시집 《객지의 꿈》 출간(8월, 청하사)
제12 시집 《담배의 기도》 출간(11월, 혜진서관)

1989년   영역 시 11편 발표(Korea Journal, 5월호, 7월호)
장편소설 《우리가 사랑하는 죄인》 출간(5월, 삼신각)
– KBS TV, 12부작 미니시리즈로 제작, 1990.8~10.방영, 1991.2. 재방영
인터뷰 특집: 주간조선(8.6.), "인간 내면과 공직 수행"
중편소설 〈암스텔담 공항〉 발표 (민족지성, 10월호)
중편소설 〈펭귄과 갈매기의 대화〉 발표 (민족지성, 12월호)
희곡 〈금관의 예수〉, 한국 희곡작가 협회, "1989년도 연간 희곡집"에 수록

1990년   제13 시집 《바람 부는 날의 은총》 출간(1월, 문학아카데미)
주일 대사관 근무 (3월, 총영사)
번역 《무자격 부모》 출간(5월, 삼신각)
번역 《중국 황금살인 사건》 출간(7월, 로베르트 반 훌릭, 삼신각)
대담 특집 : 일본 마이니찌 신문 논설부위원장과 대담(언론과 비평,
8월호)
인터뷰 특집: 일본의 인기가수 아그네스 챤이 취재 (일본 월간지
"家庭の友", 10월호)
인터뷰: 시사 저널(10.4.), "우리가 사랑하는 죄인 소설의 원작자"
– 관련 기사: 일간스포츠(8.2.); 조선일보(8.22.); 국민일보(9.2.)
장편소설 《민주화 십자군》 출간(11월, 삼신각)

제14 시집 《아름다운 평화》 출간(12월, 언론과 비평사)
희곡 〈베라크루스〉, 한국 희곡작가 협회, "1990년도 연간 희곡집"에 수록

1991년 희곡 〈베라크루스〉 발표(월간 민족지성 1월호)
인터뷰: 일본 일간지 東洋經濟日報 (7.26.)
희곡집 《누더기 예수》 출간(8월, 동산출판사)
  – 관련 기사: 동아일보(8.8.), "희곡 금관의 예수 원작자"; 가톨릭신문(9.1.)
인터뷰: 국민일보(8.17.), "문화 외교, 희곡 금관의 예수";
일간스포츠(8.19.) ; 코리아 타임즈(8.22.)
번역 《꼬마 호비트의 모험》 출간(8월, J.R.R.톨키엔, 성바오로출판사)
주벨기에 대사관 근무(9월, 공사)
번역 《귀향》 출간(11월, 앤 타일러, 삼신각)
번역 《이런 사람이 무자격 부모다》 출간(12월, 수잔 포워드, 삼신각)

1992년 세계시인대회 (벨기에 리에쥬), 한국대표로 참가(9월)
  – 주제 발표:한국 시의 현황
번역 《성난 지구》 출간(10월, 아이작 아시모프, 삼신각)
번역 《마술반지(1)》 출간(11월, J.R.R. 톨기엔, 성바오로출판사)

1993년 번역 《꼬마 호비트의 모험》 출간(2월, 톨키엔, 성바오로출판사)
인터뷰: 국민일보(2.2.), "문화 알려야"
국방대학원 안보과정, 외무부 파견 연수(2월)
  – 논문 "미국 신행정부의 대한 외교정책 연구" 발표
인터뷰: 주간조선(3.4.), "외교관 시인"
제15 시집 《우리가 찾아내야 할 사람》 출간(3월, 성 바오로 출판사)
인터뷰 특집: 월간 퀸(4월호), "금관의 예수 원작자"
인터뷰: 스포츠서울(8.4.), "현직외교관 47권 출간"
인터뷰: 주간여성(8.26.), "이런 남자"
외무부 외교안부연구원 근무(12월, 연구관)

1994년 번역 《숨겨진 성서 1, 2, 3(전 3권)》 출간(1월, 3월, 윌리스 반스토운,
문학수첩)
번역 《마술반지(2)》 출간(1월, 톨키엔, 성바오로출판사)
번역 《희망의 북쪽》 출간(2월, 존 헤슬러, 우리시대사)
번역 《일본을 벗긴다》 출간(5월, 가와사키 이치로, 문학수첩)
번역 《Starlights of Nirvana》(석용산 시선집 "열반의 별빛") 영역 출간
(12월, 문학수첩)

1995년 번역 《지상 60센티미터 위를 걸으며》 출간(3월, 미국 시인협회 회장
제노 플래티 시집, 책만드는 집)
대구시 국제관계 자문대사(4월)

중편소설 〈추억의 유전〉 발표(계간 작가세계, 95. 여름호)
번역 《공포 X 파일》 출간(7월, 추리단편선, 문학수첩)
번역 《괴기 X 파일》 출간(7월, 추리단편선, 문학수첩)
제16 시집 《오늘 내게 잠시 머무는 행복》 출간(10월, 문학수첩)
칼럼 연재 : 동아일보, "이 생각 저 생각" 주간연재(1월~4월)
매일신문, "매일춘추" 주간연재(5월~6월)
주간 불교, "세간과 출세간 사이" 주간연재(6월)
라디오 대담: MBC-FM, "여성시대"(11.25. 사회: 손숙)

1996년   번역 《에로 판타지아 1, 2 (전2권)》 출간(1월, 단편소설집, 문학수첩)
번역 《매디슨 카운티의 다리, 그 추억》 출간(2월, 제이나 세인트 제임스,
문학수첩)
라디오 대담: KBS 제2라디오(2.1.), "한밤에 만난 사람 대담"(사회: 박범신)
교통방송(2.27.), "임국희 대담, 라디오광장"
번역 《학교에서 일어나는 폭력문제》 출간(3월, 단 올베우스, 삼신각)
주나이지리아 대사 부임(3월), 주시에라 레온, 주카메룬, 주챠드 대사(겸임)
시집 〈Agony With Pride〉 서평, 나이지리아 일간지 The Guardian(10.14.)
시 "1달러의 행복" 영역 발표, 나이지리아 일간지 The Guardian(12.19.)

1998년   시 "1달러의 행복" 발표(월간조선, 2월호)
제17 시집 《1달러의 행복》 출간(4월, 문학수첩)
제18 시집 《지구는 한방울 눈물》 출간(4월, 동산출판사)
– 관련 기사: 중앙일보(4.28.), "현직 외교관이 펴낸 두 권의 시집"
가톨릭신문(5.17.), "일상 소재 121편 소박한 시 담아"
중앙일보(7.9.), "한국문학 세계로 날개짓"
한국일보(7.15.), "한국문학 유럽에 번역 소개"
해누리기획 출판사 공동 설립에 참여(9월)
번역 《예수 그리스도 제2복음》 출간(12월, 조제 사라마고, 문학수첩)

1999년   외교통상부 본부 대사(1월)
번역 《바로 보는 왕따: 대안은 있다》 출간(2월, 단 올베우스, 삼신각)
희곡 〈Jesus of Gold Crown〉(금관의 예수) 영역 출간(3월, Spectrum
Books Ltd., Nigeria)
기행문집 《아웃 오브 아프리카》 출간(8월, 모아드림)
– 관련 인터뷰: KBS제1라디오 (8.28.); KBS 라디오, 봉두완 (8.30.);
SBS라디오(8.31.); SBS라디오 이수경의 파워(9.5.)
제19 시집 《Songs of My Soul》 출간(10월, Peperkorn Edition, Germany)
번역 《The Floating Island》(김종철 시선집 "떠도는 섬") 영역 출간(12월,
Peperkorn Edition, Germany)
희곡 〈딸아, 이제는 네 길을 가라〉 발표(화백문학 제9집, 99년 하반기호)

라디오 대담: 이케하라 마모루(맞아죽을 각오로 쓴 한국, 한국인 저자)와
한일관계 대담 1시간, 기독교방송(8.13.)
칼럼 연재: 가톨릭신문, "방주의 창"(9월~12월)
인터뷰: 중앙일보(11.4.), "이득수 교수 공동 인터뷰",
조선일보(11.8.), "한국시 라틴문학론으로 포장해 유럽수출",
동아일보(11.9.), "한국문학 유럽에 소개; 교수–대사 의기투합"

2000년   평저 《에센스 삼국지》 출간(2월, 해누리출판사)
번역 《The Sea of Dandelions》(이해인 시선집 "민들레의 바다") 영역
출간(2월, Perperkorn Edition, Germany)
번역 《아담과 이브의 생애》 출간(5월, 고대문서, 해누리출판사)
대담: 평화방송 TV (6.26.), 방영 1시간, 김미진 대담, 5회 방영
인터뷰: KBS라디오(6.29), 방송 40분, 2회 방송, "나의 삶, 나의 보람",
최영미 아나운서 대담
외교통상부 퇴직 (7월)
– 관련 기사: 매일신문, 연합통신, 대한매일, 한국일보(6.26.),
뉴스피플(6.28.), "자동퇴직에 항의"
번역 《예수의 인간경영과 마케팅 전략》 출간(10월, 브루스 바톤,
해누리출판사)
번역 《예언자》 출간(10월, 칼릴 지브란, 해누리출판사)

2001년   해누리출판사 인수, 발행인(1월)
번역 《걸리버 여행기》 출간(1월, 조나탄 스위프트, 해누리출판사)
희곡 〈가장 장엄한 미사〉 발표(화백문학 제11집, 2001년 상반기 호)
번역 《제2의 성서, 신약시대, 구약시대(전 2권)》 출간(9월, 해누리출판사)
장편소설 《외교관 1, 2 (전 2권)》 출간(9월, 우리문학사)
– 관련 기사: 조선일보, 중앙일보, 세계일보(8.31.), "소설 외교관 출간,
외교부 인사정책 비판"; 동아일보(9.1.), "말, 말, 말"(소설 외교관 인용)
인터뷰: MBC 라디오 "MBC초대석 차인태입니다"(9.29.)

2002년   번역 《권력과 영광》 출간(4월, 그레이엄 그린, 해누리출판사)
번역 《이솝 우화》 출간(7월, 해누리출판사)
번역 《사포》 출간(10월, 알퐁스 도데, 해누리출판사)
번역 《군주론; 로마사 평론》 출간(12월, 마키아벨리, 해누리출판사)
수필 〈나는 부자아빠가 싫다〉 등 8편 발표(12월, 국방부 "마음의 양식"
제80집)

2003년   번역 《짜릿한 넘 하나 물어와》 출간(4월, 동화집, 해누리출판사)
특강: "21세기 문화의 흐름", 추계예술대학(4.9.)
월간 〈착한 이웃〉 창간, 발행인(5월)
– 노숙자 등을 무료로 치료하는 〈요셉의원〉 돕기 활동, 2008년 4월까지

잡지 발행, 매년 연말에 자선미술전 개최, 수익금 전액 기증
번역 《新 군주론》 출간(7월, 귀차르디니, 해누리출판사)
제20 시집 《개나라의 개나으리들》 출간(9월, 해누리출판사)

2004년 번역 《Sunlight on the Land Far From Home》(홍윤숙 시선집
"타관의햇살") 영역 출간(1월, Perperkorn Edition, Germany)
편저 《동서양의 고사성어》 출간(3월, 해누리출판사)
편저 《동서양의 천자문》 출간(4월, 해누리출판사)
번역 《세상의 지혜》 출간(4월, 발타사르 그레시안, 해누리출판사)
장편소설 《사랑은 없다》 출간(12월, 해누리출판사)

2005년 번역 《주님과 똑같이》 출간(3월, 성 샤를 드 푸코 일기, 해누리출판사)
편저 《세계명화성서, 신약, 구약(전 2권)》 출간(5월, 해누리출판사)
제15회 한국가톨릭 매스컴상, 출판부문상 수상 (12월)

2006년 번역 《아무도 모르는 예수》 출간(3월, 해누리출판사)

2007년 편역 《세계의 명언 1,2(전 2권)》 출간(1월, 해누리출판사)
서평: 《세계의 명언》, 배인준 칼럼, 동아일보(2.27.)
인터뷰 특집: 우리들의 '착한 이웃' 이동진 시인", 글 박경희, 방송문예(4월호)
특강: "이웃에게 봉사하는 삶", 레이크사이드 CC(5.7.)
제21 시집 《사람의 아들은 이렇게 말했다》 출간(6월, 해누리출판사)
번역 《링컨의 일생》 출간(8월, 에밀 루드비히, 해누리출판사)
번역 《천로역정》 출간(12월, 존 번연, 해누리출판사)

2008년 번역 《좋은 왕 나쁜 왕−帝鑑圖說》 출간(1월, 중국고전, 해누리출판사)
편저 《에센스 명화 성경−구약 1,2, 신약 1,2 (전 4권)》 출간(1월, 해누리출판사)
서평: "에센스 명화성경−구약 1,2, 신약 1,2 (전 4권) 발간", 가톨릭시보(2.17)
월간 《착한 이웃》 폐간(4월)
번역 《터키인들의 유머》 출간(8월, 해누리출판사)

2009년 제22 시집 《Songs of My Soul》 출간(11월, 해누리출판사)
제23 시집 《내 영혼의 노래−등단 40주년 기념시집》 출간(11월, 해누리출판사)
번역 《명상록》 출간(9월, 아우렐리우스, 해누리출판사)

2010년 번역 《성서 우화》 출간(1월, 중세 유럽 우화집 "Gesta Romanorum"의
국내 최초 번역, 해누리출판사)
《A Review of Korean History 1, 2, 3 (전 3권)》(한영우 저, "다시 찾는
한국역사") 영어 감수 및 일부분 영역, 출간(1월, 경세원)
번역 《365일 에센스 톨스토이 잠언집》 출간(7월, 톨스토이, 해누리출판사)

2011년 칼럼 연재: 원자력위원회 회보 "원우"(1월~12월)
일본 일간지에 이동진 소개 칼럼: "브랏셀의 가을", 글 오이카와 고조.
日本經濟新聞(3.2.)

2012년	인터뷰 특집: "책벌레 외교관 30년, 책장수는 내 운명", 일간 아시아경제(9.11) 인터뷰 특집: "출판사대표가 된 전직 대사 이동진". 기아자동차 사보 "마침표"(12월호)
2014년	번역 《Rose Stone in Arabian Sand》(신기섭 시집 "사막의 장미) 영역 출간(3월, 해누리출판사) 편저 《영어속담과 천자문》 출간(8월, 해누리출판사) 제24 시집 《개나라에도 봄은 오는가》 출간(12월, 해누리출판사)
2015년	대화마당 "공영방송, 국민의 기대와 KBS의 현실"에 질문자로 참여 (5.16∼28., 주최 KBS이사회) 편저 《영어속담과 고사성어》 출간(7월, 해누리출판사) 번역 《성공 커넥션》 출간(12월, 제시 워렌 티블로우, 이너북)
2017년	제25 시집 《굿 모닝, 커피!》 출간(12월, 해누리출판사) 번역 《영어속담과 함께 읽는 세상의 지혜》 출간(2월, 발타사르 그라시안, 해누리출판사)
2018년	번역 《역사를 바꾼 세계 영웅사》 출간(7월, 해누리출판사)
2019년	번역 《세상을 어떻게 이해할 것인가》 출간(1월, 니체, 해누리출판사) 번역 《1분 군주론》 출간(8월, 마키아벨리, 해누리출판사) 제26 시집 《얼빠진 세상—등단 50주년 기념시집》 출간(12월, 해누리출판사)